おれたちの街

逢坂　剛

集英社文庫

目次

おれたちの街

おれたちの街

I

斉木斉《さいきひとし》が言った。

「おい。管内視察に出かけるぞ」

「ほいきた」

梢田威《こずえだたけし》は、パソコン相手の将棋を未練もなく投了し、電源を落とした。こてんぱんの負け将棋で、このままやっていたらパソコンを持ち上げ、床に叩《たた》きつけるところだった。

壁の時計を見ると、午前十一時過ぎを指している。遠出して昼飯を食うには、ちょうどいい頃合いだ。そこだけは、妙に斉木と波長が合う。

出口の脇の不在告知板に、〈管内視察〉と記入した。五本松小百合《ごほんまつさゆり》は、質屋回りをしているらしい。

廊下に出たところへ、奥の方から副署長の久保芳久《くぼよしひさ》警視が、やって来た。

「くそ」

斉木が口の中で、小さくののしる。

梢田も、久保の後ろにいる若い男を見て、舌打ちした。

仕立てのいい、グレンチェックのスーツを着たその男は、三日ほど前に御茶ノ水《おちゃのみず》署へ来たばかりの、立花信之介《たちばなしんのすけ》だった。肩書は警務課長付で、課長の安東甚助《あんどうじんすけ》警部の預かりになっている。

立花は、国家公務員試験のI種に合格した、いわゆるキャリアの警察官だ。三か月間、警察大学校で初任幹部教育を受けたあと、御茶ノ水署へ実務研修に来たのだった。見習いとはいえ、すでに斉木と同じ警部補の肩書を持っており、十か月後に警察庁に配属されるときは、早くも警部になる。それから二年もすれば、二十代半ば過ぎで警視に昇進する。高卒の梢田はもちろん、ただの大卒にすぎない斉木も遠く及ばぬ、ばりばりのエリートなのだ。

久保副署長は足を止め、眼鏡の縁に手をやった。

丸顔にちょび髭《ひげ》を生やした、のんきな父さんみたいな男だ。まだ五十代半ばだが、禿《は》げを隠すために署内を歩くときも、帽子をかぶったままでいる。

「ちょうどいい。きみたち、立花君に昼飯でもごちそうしながら、わが署の沿革や現状をいろいろと、教えてやってくれんかね」

斉木は、露骨にいやな顔をした。

「しかし、副署長。わたしたちはこれから、管内視察に出るところなんです。それに、まだ十一時を回ったばかりで、昼飯には早すぎます。服務規程からいっても、ですね」

久保は斉木をさえぎった。

「きみの口から、服務規程なぞ聞きたくない。管内視察は、昼飯を食ってからにしたまえ。いつものようにな」

そう言って、こくんとうなずく。

全部お見通しと分かって、となりにいた梢田もばつが悪くなり、爪を調べるふりをした。

「よろしくお願いします」

立花は、直立不動の長身を九十度に折り曲げて、二人に頭を下げた。百八十センチはゆうにあり、少なく見積もっても斉木より十センチ、梢田より五センチは高い。その上、いまいましいことに、なかなかのイケメンだった。

「それじゃ、頼んだぞ」

久保はそう言い残して、廊下をさっさと歩き去る。

斉木は、機嫌の悪い顔をしたまま、階段を一階へおりて行った。しかたなく、梢田は立花に目配せして、そのあとに続いた。

玄関ホールで、ちょうど外からもどって来た小百合と、ばったり出くわす。

「係長。お出かけですか」

斉木は、急に愛想のいい笑顔になり、小百合に指を振り立てた。

「おう、五本松。ちょうどよかった。おれと梢田は、これから管内視察に出る。きみは、このおぼっちゃまに昼飯でもごちそうしながら、署内の現状やしきたりを教えてやってくれ」

小百合は、きょとんとした。

「五本松がですか」

「そうだ。これは、久保副署長じきじきの命令だ。ただし、どこで何を食って何をレクチャーしたかは、あとでおれに直接復命するように。分かったな」

「でも、ちょっと席にもどらないと。電話とメールのチェックもありますし」

「それが終わってからでいい。こいつは、ここで待たせておけ」

斉木は言い捨て、梢田に顎をしゃくった。

梢田は、いくらか後ろめたい気持ちを残しつつ、二人を置いて斉木のあとを追った。

歩きながら振り向くと、立花がガラスドアの向こうで途方に暮れ、立ち尽くしていた。

斉木は、立花が追って来るのを恐れるように、足速に本郷《ほんごう》通りを小川町《おがわまち》の交差点方面へ、くだり始めた。

梢田も、小走りに続く。

「おい、だいじょうぶか。五本松に、おぼっちゃまを押しつけちまって」

「だいじょうぶさ。おぼっちゃまだって、おれたち中年二人組より、五本松と飯を食った方が楽しいだろう。年上といっても、五本松はまだ三十代の女盛りだからな」

「なら、いいけどな」

斉木は信号を渡り、明大《めいだい》通りの方へ向かった。

「おい、今日はどこで食うんだ」

梢田が聞くと、斉木は言下に応じる。

「〈魚《うお》の目〉のサバ焼き定食だ」

〈魚の目〉は、明央《めいおう》大学を越えたお茶の水小学校の、さらにその向こう側にある魚の定食屋だ。地番は神田神保町《かんだじんぼうちょう》一丁目で、署からざっと十分は歩かなければならず、そういつも行くわけではない。前回行ったのは、確か一か月以上前だったと思う。

この店は、カウンター席だけという事情もあるが、千円以下でうまい焼き魚定食を食べさせるので、とにかく込み合う。開店時間の、十一時半過ぎには早くも行列ができ始め、それが一時半ごろまで、途切れずに続く。

斉木にしろ梢田にしろ、飯を食うために行列するのは大嫌い、ときている。したがって、〈魚の目〉に行くときは早めに署を出て、十一時半前に着くようにする。そうすれば、ほとんど待たずに食べられる。

明大通りを渡り、緩やかにカーブする坂を錦華《きんか》通りまでくだって、水道橋《すいどうばし》方面へ向かった。

しばらく歩き、横丁を左にはいってさらに別の路地を、右へ曲がる。すると、左側に〈長太郎ビル〉という、三階建ての薄っぺらいぼろビルがある。その一階が、〈魚の目〉だった。鉤形《かぎがた》のカウンターに、十人しかすわれない狭い店だ。

「おい」

斉木が言い、急に足を止めた。

梢田は、危うく斉木の背中にぶつかりそうになり、あわてて立ち止まった。

前方に目を向けると、すでに〈魚の目〉のガラス戸の前に、ずらりと十人ほど行列ができている。

「なんだなんだ。今日はやけに、出足が早いじゃないか」

梢田がぼやくと、斉木もいぶかしげに応じる。

「そうだな。まだ開店時間まで、五分以上あるのにな」

「カウンターは、十席しかないぞ。この人数だと、一度に埋まっちまう。一回り、待たなくちゃならないな」

「どうする。ほかへ行くか」

「せっかく来たんだ。それに、おれはもう胃袋がサバ焼き定食モードに、でき上がっちまった。今さら、カレーや蕎麦《そば》には、変えられないよ」

梢田が言うと、斉木はいかにもしぶしぶという感じで、行列に並んだ。

すると、最後尾にいた革ジャンパー、ニッカーボッカー姿の男が振り向き、じろりと二人を見た。まだ二十代の前半だろうか、眉毛を剃《そ》って茶色に染めた髪を逆立てた、目つきの悪い男だ。よく見ると、行列しているのは服装こそまちまちだが、みんな革ジャンパーの若者と同じ雰囲気の、一癖ありげな連中ばかりだった。先頭にいるのは、丸坊主にサングラスをかけたごつい男で、白のTシャツに黒のスーツを着たいでたちは、どう踏んでもヤクザにしか見えない。

そのヤクザが、まだ閉じられたままの引き戸のガラスを、がんがんと叩く。

「おい、あけろ。いつまで待たせやがるんだ。腹を減らした若いのが、もう三十分も並んでるんだぞ」

　すると、それに呼応するように行列した男たちが、口ぐちにあけろ、あけろとわめく。ガラス戸ががたがた揺れ、眼鏡をかけた胡麻塩頭《ごましおあたま》の初老の男が、顔を出した。店のおやじの、玉島道雄《たましまみちお》だった。

　玉島は、困惑と怒りと不安の入り交じった、複雑な表情で面々を見回した。斉木と梢田には、気がつかなかった。いかにも、気が進まないという様子で、軒先に暖簾《のれん》を出す。

　並んだ男たちは、玉島を店へ押しもどすようになだれ込み、われ勝ちにカウンターの席を取った。外に残されたのは、斉木と梢田だけだった。

　斉木がぼやく。

「くそ、おもしろくないな」

　梢田は、首を捻《ひね》った。

「なんだか、様子がおかしいぞ。あいつら、いつも並んでるこのあたりの勤め人とは、人種が違うんじゃないか」

　斉木も、ぶすっとしながら応じる。

「人種がなんだろうと、並べば客に変わりはない。実直な警察官として、割り込むわけにもいかんだろう」

「それはそうだが、どうも気に入らんな」

「どっちにしても、別の店へ行くのはめんどうだ。おれも今日は、サバ焼き定食が食いたい。一回りくらいなら、待ってやろうぜ」

斉木が折れたので、梢田も少しほっとした。

お手軽な店だと、注文と同時にあらかじめ焼いておいた魚を、電子レンジで温めて提供する。必然的に、味は落ちるが待ち時間は減り、客の回転がよくなる。

しかし〈魚の目〉は、注文を受けてからオーブンで魚を焼くので、でき上がるのに少し時間がかかる。その分、味は保証つきだ。ただし客一人当たり、待ち時間を含めて平均二十分は、みなければならない。

梢田は背伸びをして、上の方だけ透かしになったガラス戸から、中をのぞいた。

壁いっぱいに、ずらりとメニューの札がかかっている。サバ焼き、サバ味噌煮《みそに》、アジの開き、サンマの開き、シャケの塩焼き、ホッケの塩焼き、それにホウレン草のおひたし、ジャガイモの煮転がし、冷《ひ》や奴《やっこ》、シラスおろし、卵焼きなどが並び、客はその中から好きなものを選んで、ご飯と味噌汁つきの定食を、みずから構成するわけだ。

カウンターの端に、大きなオーブンが設置されており、その前で玉島が忙しそうに立ち働く。小皿料理の用意や、食器洗いを担当するのは玉島のだいぶ年下の妻、節子《せつこ》だ。

見ていると、二人ともいつもに似ぬ険しい表情で、右往左往している。

店の横を、早飯に出たと思われる近所の勤め人が、通り過ぎる。店の中を、伸び上がるようにのぞくだけで、だれも足を止めない。二人の後ろには、いっこうに列ができなかった。

梢田は、また首を捻った。

「なんだか、様子がおかしいぞ」

斉木は、手にした競馬新聞に目を落としたまま、返事をしない。

梢田も手持ち無沙汰《ぶさた》になり、詰め将棋の問題集を取り出そうと、ポケットを探った。

「管内視察、ご苦労さま」

いきなり、背後から声をかけられ、驚いて振り向く。

小百合が、いつの間にか梢田の背後にくっつき、にっと笑いかけてきた。その後ろに、立花が電信柱のように、くそまじめな顔で突っ立っている。

「な、なんだ。何しに来たんだ、こんなとこへ」

うろたえて聞くと、小百合はしれっとして応じた。

「もちろん、お昼ご飯を食べに、ですよ。〈魚の目〉に、歯を抜きに来る人がいますか」

振り向いた斉木が、苦にがしげに競馬新聞を畳む。

「新入社員を、この店に連れてくるのはご法度だぞ、五本松。だいいち、ここじゃ会社のレクチャーなんか、できないじゃないか」

「それは、ご飯のあとでやります。とりあえず、腹ごしらえをしないと」

立花が、肩越しに首を突き出した。

「このお店は、サバ焼き定食がおいしいそうですね。ぼく、サバが大好きなんです。寿《す》司《し》も、真っ先にシメサバを頼みますし」

「勝手に食ってろ」

斉木はまた前を向いて、競馬新聞を広げ直した。

梢田は立花に目をもどし、肩をすくめてみせた。立花は、いっこうにこたえた様子もなく、きょろきょろあたりを見回している。

見習いとはいえ、立花は曲がりなりにも警部補の肩書を持ち、とんとん拍子の出世が約束された男だ。三十そこそこで、御茶ノ水署の署長として赴任する可能性も、絶対ないとはいえない。斉木のように、はなからばかにした態度をとっていると、あとで泣きを見るかもしれない。

梢田は、愛想笑いをして言った。

「立花君。ここのサバ焼きは、その辺のサバ焼きとは、サバ焼きが違うんだ。神保町でも、三本の指にはいる。あとの二軒にも、いずれ連れていってあげるから」

その猫なで声に、斉木が気持ち悪そうな顔をして、梢田を睨《にら》みつける。

「クンづけはやめろ、クンづけは。新米は、呼び捨てにする決まりだ」

小百合が、顔を突き出す。

「そんな決まりは、聞いたことがありませんね。親しき中にも礼儀ありですよ、係長」

斉木は、驚いたような顔をして、小百合を見返した。

小百合が、斉木に対して説教めいた口をきくことは、めったにない。

梢田はおかしくなり、くすくす笑った。

2

ガラス戸の内側が、やけににぎやかだ。

それに、なんともがらが悪い。御茶ノ水署の管内には、ヤクザもチンピラもほとんどいないはずだし、どこからか流れて来たのだろうか。

梢田威は、腕時計を見た。

すでに、男たちがカウンターを占領してからだいぶたち、とうに十二時を過ぎている。

立花信之介が、背伸びして言う。

「それにしても、なかなか席があきませんね」

斉木斉が爪先立ちになって、上部の透かしガラスから中をのぞいた。

不機嫌そうに頬をふくらませ、梢田の方を振り向く。

「くそ。ビールかなんか飲みやがって、すっかり腰を落ち着けてやがるぞ」

「なんだと」

梢田も、中をのぞいて見た。斉木の言うとおりだった。

五本松小百合も、小柄な体を二、三度ぴょんぴょんさせて、中の様子をうかがう。

「ほんとだ。どういうことかしら」

腹が減って、機嫌が悪くなっていたこともあり、梢田はいきなりガラス戸に手をかけ、勢いよく引きあけた。

カウンターにいた男たちが、そろって顔を振り向ける。

見ると、カウンターに並んだ料理の皿は、ほとんど手つかずのまま残り、男たちはビールを飲みながら、気炎を上げているところだった。

梢田は、頭にきてどなった。

「おい。ここは居酒屋じゃなくて、昼飯を食うところだぞ。昼間っからおだを上げてないで、さっさと食ってさっさと退散しろ」

「なんだと、この野郎」

のそっと立ち上がったのは、最後尾にいた革ジャンパーの若者だった。

「この野郎とはなんだ、おとなに向かって」

「おとなも子供もあるか。こっちは、早くから来て並んでたんだよ。あとから来たやつは、おれたちが食い終わるまで待つのが、筋ってもんだろうが」

意外にも、理屈っぽいことを言い出したので、梢田はたじろいだ。

「そ、そりゃそうだが、さっさと食ってさっさと交替するのが、昼飯どきのルールってものだろう。少なくとも、神保町界隈《かいわい》ではそうなってるんだ」

「そんな法律がどこにあるんだよ、おっさん。おれたちゃ、無銭飲食じゃねえぞ。ちゃんと金払って、飯食ってんだ。だれにも、文句言われる筋合いはねえんだよ」

ぐっと詰まる。

斉木が、梢田を押しのけるようにして、顔を突き出した。

「威勢がいいな、若いの。世の中はな、金さえ払えばいい、というもんじゃない。人さまに迷惑をかけんように、お互いに譲り合うのが常識だろうが。昼飯どきに、おまえたちみたいに腰を落ち着けられたんじゃ、あとに並ぶ者が飢え死にする。店だって、商売上がったりだ。五分で食えとは言わんが、死にそこないの牛みたいに、いつまでも食ってるんじゃない」

　すると、最初にガラス戸を叩いた兄貴格の坊主頭が、鉤形のカウンターのいちばん奥で、ぬっと立ち上がった。

　サングラスをはずし、それを梢田たちに突きつける。

「でけえ口を叩くんじゃねえよ、このリーマン野郎が」

「リーマン野郎とはなんだ」

　梢田が言い返すと、坊主頭はせせら笑った。

「どうせおめえたちは、そのあたりの三流会社のサラリーマンだろうが。でなきゃ、こんなけちな定食屋で、昼飯なんか食わねえからな」

　斉木が口を開く。

「それじゃ、おまえたちはなんだ。三流のチンピラか」

「チンピラとはなんだ、チンピラとは」

　気色ばむ坊主頭に、斉木は指を振り立てた。

「この街はな、インテリの集まるカルチャーゾーンだ。おまえたちのような、常識も知らぬ三流のチンピラが、うろつくようなとこじゃない。さっさと退散しろ」

「なんだと」

カウンターの男たちが、いっせいにどどどと立ち上がり、梢田はおもわず尻込みした。

そのとき、後ろから梢田と斉木を左右に分けるようにして、立花が戸口に乗り出した。

へらへら、といってもいいような締まりのない笑顔で、男たちに話しかける。

「ちょっと、みなさん。お待ちください。話し合おうじゃありませんか」

男たちは、頭一つ突き抜けた大柄な立花を見て、ちょっと引いた。

革ジャンパーが言う。

「なんだ、てめえは」

「ごらんのとおりの、うどの大木《たいぼく》です」

男たちばかりか、斉木も梢田も吹き出した。

革ジャンパーが、胸を張って言う。

「うどの大木は、引っ込んでやがれ」

それを聞くと、立花のへらへら顔が急に引き締まり、口調が変わった。

「人のことを、うどの大木とはなんだ」

「てめえが、自分でそう言ったんだろうが」

「自分で言うのはいいが、人に言われたくないな」

「だったら、どうするってんだよ、てめえ」

立花は、いきなり革ジャンパーの襟をつかんで引き寄せ、どなりつけた。

「てめえとはなんだ、てめえとは」

革ジャンパーは、土間に爪先立ちになるほど吊《つ》るし上げられ、手足をばたばたさせた。

「く、くそ。何しやがる」

男たちが色めき立ち、中腰になって様子をうかがう。

梢田はあっけにとられ、立花の鬼のような顔を見上げた。その、あまりに唐突な豹《ひょう》変《へん》ぶりに、あいた口がふさがらない。小百合も、目の前で花火が上がったとでもいうように、ぽかんとしている。

その間にも、立花は両手で革ジャンパーの襟元を絞り、ぎりぎり締め上げた。男は息ができないらしく、声も出せずに宙でもがく。

いちばん近くの、こめかみに錨《いかり》の刺青《いれずみ》を入れた小太りの男が、立ち上がった。

「この野郎、なめんじゃねえぞ」

そうすごんで、立花の腕をつかもうとする。

立花は、革ジャンパーの襟をつかんでいた右手を離し、刺青男の肩を太い指で軽くとん、と突いた。

男はそれだけでよろめき、後ろにいた別の仲間の広げた腕の中に、勢いよく倒れ込んだ。はずみで、カウンターに轡《くつわ》を並べていた連中が、丸椅子と一緒にばたばたと狭い土間へ、将棋倒しになる。

立花は、その上に革ジャンパーの男をぽい、と突き放した。革ジャンパーは、刺青男の上に尻餅をつき、釣り上げられた魚のように、口をぱくぱくさせる。

立花はスーツの襟を正し、見えを切って言った。

「静まれ、静まれ。ここにおられるおかたを、どなたと心得る。恐れ多くも、御茶ノ水警察署生活安全課保安二係の係長、斉木警部補どのでいらっしゃるぞ。おまえたちチンピラが、気安くお話しできるおかたではない。金を払って、とっとと失《う》せろ」

それから、おもむろに内ポケットから身分証を取り出し、ぱらりと開いてみせる。

男たちは、土間に引っ繰り返ったまま、固まってしまった。こちらが、警察官と分かったからというより、立花の目一杯芝居がかったせりふに、毒気を抜かれたようだ。

ようやく、一番奥から坊主頭が甲高い声で、言い返す。

「お巡りのくせに、何もしてない善良な市民に暴力を振るっても、いいのかよ」

立花は身分証をしまい、しれっとした顔で応じた。

「お近づきのしるしに、ちょっと肩を叩いただけだ。文句があるやつは、御茶ノ水署の苦情受付係に来い。飯は終わりだ。さあ、行った行った」

まるで、何年もマル暴の刑事を務めてきたような、横柄な口調だった。

それで魔法が解けたかのごとく、男たちは土間から思いおもいに立ち上がり、服の汚れを払った。わけは分からないが、なんとなく楯突《たてつ》く元気が失せた、という風情だ。

ぶつくさ言いながら、男たちは少しの間そこでぐずぐずしていたが、立花が追い払うように大きな手を動かすと、たちまち浮足立った。

ぞろぞろと、外へ出て行こうとする男たちに、小百合が声をかける。

「ちょっと。お金を払って行きなさい」

革ジャンパーが足を止め、それとなく立花の顔色をうかがいながら、恐るおそる言った。

「まだ、食い終わってねえのに、金払うのかよ」

斉木が割り込む。

「この店は、一食二十分の時間制だ。食うのが遅い、おまえたちが悪い」

しんがりにいた坊主頭が、ポケットから一万円札を引き出し、カウンターに投げつける。

「これで、文句あるめえ。覚えてやがれ」

梢田は言い返した。

「おう、覚えているとも。今度出くわしたら、たっぷり礼儀を教えてやるからな」

男たちは、ガラス戸を乱暴に鳴らしながら、店を出て行った。

四人だけになると、カウンターの中から主の玉島道雄と節子が、亀の子のように首を突き出してくる。しゃがんだまま、嵐が通り過ぎるのを待っていたらしい。

それを見て、小百合が言った。

「もうだいじょうぶよ。片付けを手伝うわ」

「すみません、お手数かけて」

玉島は頭を下げ、ほっとしたように節子と顔を見合わせた。

小百合が丸椅子を起こし、カウンターに散らかった食べ残しの皿を、仕切りの台に載せる。梢田も立花も、それに手を貸した。

斉木は、例によって指一本動かそうともせず、立花に言う。

「おい、立花。おれは、水戸黄門《みとこうもん》か」

立花は手を休めず、にかっと笑った。

「すみません、係長。ぼく、東野英治郎《とうのえいじろう》のファンなもので」

梢田は、立花の肩をこづいた。

「古いんだよ。今は里見浩太朗《さとみこうたろう》だぞ。きみは初代の水戸黄門の時代に、まだ生まれてもいなかっただろう」

「いいじゃないですか、先輩。どうせ相手は、江戸時代の人なんですから」

さっき見せたこわもての顔は、とうにどこかへ消えてしまった。

「それにしても、どこを押すとさっきみたいな、マル暴デカに変身するんだ。ちょっと、やりすぎだぞ。だいいち、キャリアらしくないじゃないか」

梢田がたしなめると、立花はきょとんとした。

「そうなんですか。ぼくはまた、先輩たちがぼくの適性を試すために、わざわざ設定してくれた修羅場か、と思いましたけどね。それで、目一杯こわもてにしてみたんですが、まずかったかなあ」

けっこう、とぼけた男だ。

梢田は首を振り、玉島に目を移した。

「あの連中は何者なんだ、おやじさん」

玉島は、人のよさそうな顔にしわを寄せ、渋面をこしらえた。

「分かりません。一週間ほど前から、急に大勢でやって来るようになりましてね。それも毎日、開店前の十一時過ぎから並んで、中にはいったが最後たっぷり二時間、へたをするとニ時間半もねばって、神輿《みこし》を上げないんです。焼き魚を少しと、あとは小皿の総菜をたくさん取って、ビールをちびちび飲みながら、おだを上げやがる。うちみたいな店は、お客さんの回転で商売してるようなもんでしょう。こりゃもう、明らかな営業妨害ですよ。昼飯どきに、ほかのお客さんがはいれないんですから」

小百合が、坊主頭がカウンターに投げた一万円札を、玉島に手渡す。

「確かに、昼飯どきにこの店を占拠されて一万円じゃ、商売にならないわね」

通常なら、その間五回転ないし六回転はするだろうから、たった一回りでは大きな損失だ。

片付けが終わるのを待って、梢田はサバ焼き定食を四つ頼んだ。連中が飲み残したビールに、もう少しで手が伸びそうになったが、なんとかがまんする。

玉島は、大型のオーブンにサバの切り身を入れながら、なおもぼやいた。

「ほかのお客さんが並んでも、あいつらが長ながと居すわってるものだから、全然席があかないんです。ここ二、三日はみんなあきらめて、寄りつかなくなりました。かといって、早く席をあけてほしいと頼んでも、聞いてくれない。だらだら食べて、ばか話ばっかりしてやがる。よっぽど、だんながたのとこへ相談に行こうか、と思ったんですがね」

そばから、節子が丸顔の額に汗を浮かべながら、悔しそうに言う。

「そうなんですよ。だけど、お勘定だけはちゃんと払って行くものだから、警察に訴えるわけにもいかないんですよ。いっそもう、お店を畳もうかと思ったくらい」

3

五本松小百合が言う。

「おやじさんもおかみさんも、何か心当たりはないんですか。あの連中だって、理由もなしにそんないやがらせをする、とは思えないんだけど」

梢田威もうなずいた。

「そうだ、そのとおりだ。あの中のだれかに、ほかの客より小さなサバを出して恨みを買ったとか、何かあるはずだ」

玉島道雄は、むっとしたように胸を張った。

「あたしゃ、そんなけちなまねはしませんよ、梢田さん。サバが小ぶりのときは、二つつけて出すくらいですから」

「むきにならなくていい。たとえば、の話なんだから」

梢田がなだめたとき、脇から立花信之介が口を出した。

「すみません。ナメコおろしを一つ、追加してもらえませんか」

「それじゃ、おれはホウレン草のおひたしね」

梢田が尻馬に乗ると、小百合も口を開いた。

「わたしは、卵焼きをお願いします」

節子が、作りおきの小皿の用意をする間、玉島は卵焼きを作りにかかる。

端にすわった斉木斉が、不機嫌な顔で言った。

「まったく、食い意地の張ったやつらだ。サバ焼きだけで十分だろうが」

「でも、ここの卵焼きは、天下一品ですよ」

小百合が反論したとき、ガラス戸が元気よく開いて、別の客が顔をのぞかせた。

「珍しいね、今日は。ここんとこ、この時間帯はいつもがらの悪いのが店を占拠して、はいれなかったのに」

ワイシャツを腕まくりした、中年のサラリーマン風の男だ。近くで働く、常連の一人らしい。

「こりゃどうも、栗原さん。ご迷惑をかけてすみません」

玉島がすまなそうに言うと、栗原と呼ばれた男は中にはいり、端の席にすわった。

「さすがにあの連中も、あれだけ毎日魚ばかり食ったら、あきるだろう」

「いえ、今日もついさっきまで、ここにのさばってたんですよ。そこへ、こちらのお客さんたちがお見えになって、追い出してくださったようなわけで」

栗原は物珍しげに、梢田たちを見た。

「へえ。おたくたち、やりますねえ。わたしなんか、ああいう手合いとは、並んですわる度胸もありませんや」

それから、玉島を見て言う。

「サンマの開き。冷や奴をつけてね」

「かしこまりました」

玉島は、オーブンから焼いたサバを次つぎに取り出し、皿に盛りつけた。節子が、ご飯と味噌汁を用意して、仕切りの台に載せる。

梢田たちは、それぞれの定食を自分の前に取り、食べ始めた。

栗原が、また口を開く。

「そう言えば、おやじさん。この店は、立ち退《の》かないでいいのかい」

玉島は、サンマの開きをオーブンに入れながら、口をとがらせた。

「あたしゃここで、三十年も商売してきたんだ。好きこのんで立ち退きたくはないけど、あんな連中がのさばるようになったんじゃ、ちょっと考えちゃいますね」

節子がうなずく。

「そうそう。怪我《けが》でもさせられたら、泣くに泣けないわよ」

小百合が、顔を上げる。

「立ち退きの話があるの、おやじさん」

「まあね。最近、このビルの土地を持ってる地主が地上げにあって、売っちまったんです。それで、新しい地主がビルのオーナーに、立ち退きを要求しましてね。そのとばっちりが、店子《たなこ》のあたしたちにもきた、というわけなんで」

「でも、地権者の権利はそれなりに、保護されているはずよ」

玉島は、わが意を得たりというように、うなずいた。

「でしょう。それであたしたちも、がんばってるんですよ。ただ、このビルは築三十年を超えたときから、地主との賃貸契約が一年単位になっちゃいましてね。それで、新しい地主から契約を更新しないと言われたら、どうしようもない。ビルのオーナーは、あっさり立ち退きに同意しちゃったし、三階にはいってた税理士の事務所は、だいぶ前に出て行きました。残ってるのは、うちだけなんです」

梢田は言った。

「だったら、筋書きははっきりしてるぞ。さっきの連中は、たぶん新しい地主に金で雇われて、あんたたちが出て行かざるをえないように、いやがらせをしに来たんだ」

玉島がうなずく。

「まあ、あたしもそうじゃないかって気はするんですが、あいつらはここを立ち退けとか明け渡せとか、そういうことをいっさい口にしないんです。だから、確かめようがない。それに、新しい地主は業界の最大手、天下のツミイ不動産だ。そのツミイが、まさかヤクザを使ってあくどい追い立てをする、などとは思いたくありませんよ」

そばで節子が、力なく言う。

「この人もいい年だし、万が一のことがあってもいけないから、わたしはもう店を閉めてもいいって、そう思ってるんですけどね」

玉島は、目を三角にした。

「ばか言え。おれはまだこのとおり、ぴんぴんしてるんだ。あと十五年はここでがんばるぞ」

節子が言い返す。

「十五年もがんばったら、わたしだっておばあちゃんになっちゃうわよ。それより、元気なうちに二人で旅行するとか、少しは人生を楽しまなくちゃ。ほんとに、頑固なんだから」

　梢田は、二人の正確な年を知らないが、玉島はおそらく六十を過ぎているはずだ。節子は後妻で、二十五歳ばかり年下だと聞いている。

「頑固なのは、生まれつきだ。おれは絶対、ここを動かねえぞ」

　玉島は言い張ったが、節子も負けていない。

「そんな元気があるんだったら、あいつらを追い返してみなさいよ」

　玉島がたじろぐ。

「あいつらだって、黙ってすわっておとなしく飯を食ってる分には、客のうちだ。手出しでもしてくりゃあ、おれだって黙っちゃいねえんだが」

　そう言ったものの、先ほど来の玉島の対応ぶりを見ていると、とてもそんな度胸はなさそうだった。

　節子にしても、そのあたりは百も承知しているようだが、それ以上何も言わなかった。

　玉島は、腹の突き出たずんぐりむっくりの男で、おせじにも女に持てそうなタイプ、とはいえない。しかし節子の方は、見ようによっては美人といっても差し支えない、ぽっちゃりした丸顔の女だ。まだ三十代後半の見当で、よく玉島と所帯を持つ気になったものだと、いつも感心してしまう。節子の話によれば、別に親戚でもないのに節子自身の実家が、まったく同じ玉島姓だったことから、なんとなく結婚してしまったのだそうだ。
斉木が、箸を止めて言う。
「ツミイ不動産は、確かに大手には違いないが、にこにこしながら札束で顔を引っぱた
く、あこぎな会社だからな」
立花も口を開いた。
「梢田さんがおっしゃるように、もしツミイ不動産が陰であの連中を操ってるとしたら、
なかなか頭がいいですね。かりに、おやじさんに手を出したり、店のものをぶっ壊した
り、口で立ち退けとか脅したり、飲食の代金を払わなかったり、そういう状況になれば
手の打ちようもある。しかし、ただ長居をするというだけじゃ、しょっぴくわけにいか
ないしなあ」
玉島は、焼けたサンマの開きを皿に載せながら、悔しそうに言った。
「妙に、小知恵が働く連中なんですよ。ちょっとでも暴れてくれたら、恐れながらと訴
えることもできるんですが」
栗原が、中腰になって皿とご飯を受け取りながら、玉島に言った。
「しかし、現に昼休みの書き入れどきに邪魔をされたら、明らかな営業妨害だよなあ。

警察に相談してみたら、おやじさん」

玉島が、居心地悪そうに目を向けてきたので、梢田はしかたなく栗原に言った。

「わたしたちが、その警察なんですがね」

栗原は、飲みかけた味噌汁の手を止めて、目を丸くした。

「こりゃどうも、お見それしました」

「わたしたちも、この店が立ち退きなんてことになったら、さびしくなる。なんとかしたいが、警察は民事不介入ですからね」

梢田はもっともらしく言い、小百合の卵焼きを黙って一切れ失敬した。

栗原は、箸を回した。

「そうだ。みなさんが、毎日お一人ずつこの店へ交替で食べに来て、やつらが居すわらないように、注意してくださるといいんですがね」

節子が、あわてて口を挟む。

「そんな、無理なこと言っちゃいけませんよ、栗原さん。警察は、うちの用心棒じゃないんですから」

「まあ、ときどき様子を見に来るように、心がけておきますよ」

梢田が言ったとき、カウンターが空いているのを見た通りがかりの男たちが、また何人かはいって来る。

みんな一様に、ヤクザ風の男たちの悪口を言い立て、ひとしきり盛り上がった。

食べ終わって、梢田たちが金を払おうとすると、玉島は店のおごりだからと言い張り、受け取ろうとしない。

斉木は、それでも払おうとする立花や小百合を、押しとどめた。

「せっかくだから、今日はごちそうになろうじゃないか。そのかわり、交替で見回りに来るということで、手打ちにしよう」

梢田は、真っ先に賛成した。

小百合も、しぶしぶながら斉木の言に従い、立花も黙って財布をしまった。

店を出ると、斉木は小百合に言った。

「五本松。きみは、おぼっちゃまを喫茶店に連れて行って、署のしきたりを教えてやれ。おれと梢田は、管内を見回ってくる」

「分かりました。行きましょう、立花さん」

小百合が文句も言わず、立花に合図して歩き出す。その方向からして、おそらく老舗《しにせ》の喫茶店〈エリカ〉あたりに、行くのだろう。

「おれたちはどうする」

梢田が聞くと、斉木は顎をしゃくって反対方向に、足を向けた。

「〈ビーム〉の台を視察だ」

「よしきた」

梢田も、あとに続く。〈ビーム〉は、すずらん通りにあるパチスロの店だ。

その日は調子がよく、梢田は一時間もしないうちにコインを二千枚ほど、ため込んだ。

一方、斉木は不調のどん底と見えて、その間に早くも一万円損をした。顔見知りの店員を呼びつけ、ねちねちと難癖をつけ始める。

そのとき、梢田のポケットで携帯電話が震えた。パチスロをするときは、いつも電源を切っておくのだが、つい忘れてしまった。

取り出してみると、小百合からだった。小百合は、よほど重要な用件がないかぎり、メールをよこさない。

開いてみると、こうあった。

〈お二人とも、大至急署へもどってください。所長がお呼びです〉

よほどあわてたのか、署長を所長と変換しそこなっている。

梢田は、店員をいじめている斉木に、画面を突き出した。

「おい、どうする」

斉木は、うるさそうに画面をのぞき込み、あっさり言った。

「署へもどろう」

「もどろうったって、おれは今調子が出たとこだ。ここでやめられるか」

「ばかもの。署長がお呼びだというのに、パチスロにうつつを抜かす気か」

「署長の用件は、あんたのお説教に決まってるよ。おれは、関係ない。あと十五分だけ、やらせてくれ」

「いいとも。もどったら、署長にそう言っておく」

斉木は、さっさと台の前を立ち、出口に向かった。

梢田も、あわてて腰を上げた。そばで、ぽかんとしている店員に、声をかける。

「おい。おれが稼いだコインを、あとで来るまで保管しといてくれ。一枚でもなくしたら、この店を営業停止にするからな」

店員は、気をつけをした。

「はい。お客さまは、御茶ノ水署の」

「でかい声で言うな。お茶の水小の、ＰＴＡの梢田だ。いいかげんに覚えろ」

言い捨てて、斉木のあとを追う。

4

斉木斉と梢田威は、七分で署へ駆けもどった。

二階の、生活安全課のフロアに上がると、五本松小百合があわただしく、飛び出して来た。その後ろから、立花信之介も出てくる。二人とも、緊張した顔つきだった。

「どうした」

斉木の問いに、小百合が眉根を寄せる。

「分かりません。いそ子さんの話では、署長が頭から湯気を出している、とか」

「いそ子が知らせてくれたのか」

「ええ。〈エリカ〉でお茶を飲みながら、立花さんにレクしているときに、ケータイで」

前島《まえじま》いそ子は、御茶ノ水署のナンジャモンジャゴケと異名をとる、警務課庶務係のベテラン女子署員だ。

梢田は、斉木を見た。

「何か、心当たりはあるか」

「ない」

斉木は言下に応じ、逆に聞いてきた。

「おまえはどうだ。パチスロでもうけすぎて、店から苦情が来たのと違うか」

「冗談じゃない。もうけたのは、今日が久しぶりだ」

小百合が、顎を引く。

「また、パチスロですか。管内視察だって言ったのに」

梢田は口ごもり、袖の塵《ちり》を払うふりをした。

小百合の背後で、立花が咳払《せきばら》いをする。

「あの、署長室へ行かなくて、いいんですか」

斉木が、署長室の方へ歩き出したので、しかたなく梢田もあとに続いた。その後ろから、小百合と立花もついて来る。

二人に、署長のお目玉を食らうところを、見られたくない。

「きみたちは、席で待ってろ」

梢田が言うと、小百合は瞳をくるりと回した。

「立花さんも五本松も、一緒に呼ばれてるんです」

梢田はわけが分からず、斉木の背中をつついた。

「おい、どうなってるんだ。おれたち全員に、お説教かな」

「行けば分かる」

署長室にはいると、署長の三上俊一《みかみしゅんいち》警視正、副署長の久保芳久警視、それに警務課長の安東甚助警部が、むずかしい顔つきで待ち受けていた。

それと向かい合わせに、四人並んで長椅子にすわる。

いつもは穏やかな三上が、眉間にしわを寄せて口火を切った。

「斉木君と梢田君には、ふだんから管内の飲食店で只食《ただぐ》い、只飲みはしないように、厳しく言ってあるはずだ。忘れていないだろうね」

「もちろん、忘れておりません。急いでいるときは、つけにすることもなくはありませんが、いつもあとで清算しています」

斉木がしれっとして言うと、署長の右隣にすわった安東が口を開く。

「その〈あとで〉が、二年も三年も延びているという話を、ときどき耳にするがね」

「いや、それは誤解です。まあ、たまに忘れることもありますが、それは手帳につけている梢田の、書き漏らしが原因でして」

突然弾が飛んできたので、梢田はあわてて背筋を伸ばした。

「いや、自分は手帳などには」

言いかける梢田のくるぶしを、斉木が爪先で蹴りつける。

「ええと、はい。ときどき、つけそこなうことがあるのは確かですが、ごくたまに、で」

言い直しながら、あとでどう落とし前をつけようかと、知恵を巡らした。

ふたたび、三上が言う。

「どうも、信用できんな。現にたった今、きみたちが食事の代金を踏み倒したという、告発電話があったばかりだ」

「告発電話」

梢田は斉木と、顔を見合わせた。

恐るおそる目をもどすと、三上は怖い顔をして続けた。

「ついさっき、きみたち四人は神保町一丁目の裏通りにある、〈魚の目〉という店で食事をしたそうだな」

「はあ」

梢田も斉木も、あいまいにうなずいた。

「出るときに、食事代を払ったかね」

「ええと、それはですね」

斉木が言いかけるのを、久保がさえぎる。

「署長が質問されてるんだ。はいかいいえで、答えたまえ」

「ですから、それは」

梢田が説明しようとすると、今度は安東が嚙《か》みつくように言った。

「払ったのか、払わなかったのか、どっちだ」

しかたなく答える。

「払いませんでした」

小百合が、隣で口を開いた。

「それには、事情があるのです」

今度は久保も安東も、邪魔しようとしなかった。

小百合が続ける。

「実はお店に行ったとき、ちょっとしたトラブルが発生しました。説明させていただいて、よろしいでしょうか」

三上はうなずいた。

「いいとも。説明できるなら、してみたまえ」

小百合は手短に、店を占拠したヤクザらしい男たちを、四人で追い出した話をした。

「その連中は、ここ何日か昼食の時間帯に店に居すわり、ほかの客がはいれないようにして、いわば営業妨害をしたのです。わたしたちが、その急場を救うかたちになったため、食事を終えて出ようとするとき、店主の玉島道雄は恩義を感じたらしく、代金を受け取りませんでした。わたしたちは、何度も払うと申し出たのですが、かたくなに受け取ろうとしないのです。そのため、心ならずも払いそこなう結果になりましたが、いずれなんらかのかたちでお返しをしよう、と話し合ったところでした。決して、踏み倒したわけではありません」

多少脚色して、話を締めくくる。うまいものだ、と梢田は感心した。

久保が、腕組みをして言う。

「電話の主は、ヤクザがどうのこうのという話なぞ、してなかった。ただ、食事を終えたきみたちが、当然のようにごちそうさんと手を振って、金も払わずに出て行った、と言っただけだ。わたしが、直接電話を受けたんだから、間違いない」

斉木が、もっともらしく指を立てる。

「すみません、副署長。いったい、どこのだれですか、そんな電話をかけてきたのは」

「名前は、言わなかった。匿名の通報だ」

梢田は、ここぞとばかり乗り出した。

「それは、自分たちに恨みを抱く何者かの、悪意に満ちたいやがらせに違いありません。

今、五本松巡査部長がご説明したとおり、実際に自分たちは代金を払うつもりでした。その点は、〈魚の目〉のおやじに確認していただければ、すぐに分かるはずです。とにかく今回は、いつもの只食いとは違います」

「いつもの只食いとは、どういう意味だ」

安東に突っ込まれ、梢田はあわてて言い直そうとしたが、すでに遅かった。

斉木が、わざとらしく眉をひそめ、梢田を親指で示す。

「ふだんから言い聞かせてるんですが、こいつはどうしても只食いの癖が、抜けないんです。上司として、責任を感じています。今後は、こういうことのないように、気をつけます。どうか、勘弁してやってください」

まるで、梢田一人に責任を押しつけるような発言に、思わずかっとなる。

「自分はただ、いつも上司のすることに逆らわないだけで、自分から只食いしたことはありません」

二人のつぶし合いに、安東はあきれたように首を振ったが、ふと立花に目を向けた。

立花が、大きな体をすくめるようにして、小百合の陰に隠れる。

「立花君。きみは、行くゆく警察組織をしょって立つべき、数少ないキャリアの警察官だ。まして、研修とはいえこの御茶ノ水署で、署員の監察をあずかる警務課の課長付、つまりわたしの補佐に任じられている。たとえ相手が先輩でも、その行動に警察官として不都合があると判断したら、はっきりその場で指摘してやめさせるのが、筋ではないか」

立花はすっくと立ち上がり、三上ら三人に向かって深ぶかと、頭を下げた。

「おっしゃるとおりです。申し訳ありません。率先して、先輩たちをたしなめるべきでした」

斉木はいやな顔をしたが、久保は満足そうにうなずいた。

「そのとおりだ。年は若くても、きみはりっぱなキャリアの警察官だ。こういう連中のせいで、将来を棒に振るようなことになったら、悔やんでも悔やみ切れんだろう。それに、きみだけじゃなくて、御茶ノ水署の汚点にもなる。今後、気をつけるように」

「了解しました」

三上が、斉木と梢田を交互に見ながら、重おもしく言う。

「くどいようだが、理由はどうあれ管内の飲食店での只食い、只飲みはご法度だ。今回、きみたち四人に罰として向こう一年間、〈魚の目〉で飯を食うことはもちろん、立ち入ることも固く禁じる。分かったら、もどってよろしい」

「一年もですか。それは、あんまり」

梢田が思わず抗議すると、久保が胸に指を突きつけた。

「今後どこかで只食い、只飲みしたことが耳にはいったら、その店はすべて立ち入り禁止にするから、そう心得るように」

署長室を出るなり、梢田は斉木に食ってかかった。

「おい。おれは、あんたと一緒のとき以外に只飯、只酒を食らった覚えはないぞ。罪を、おれ一人になすりつけやがって、ひどいじゃないか」

「ああいうときは、だれかが悪者にならなけりゃ、収まりがつかないのさ」

「その悪者が、どうしておれでなくちゃならないんだよ」

小百合が手を上げ、梢田をなだめる。

「まあ、落ち着いてください。それより、あんなつまらないことを密告電話したのは、だれでしょうね」

廊下を歩き出しながら、斉木がいまいましそうに言う。

「あの、チンピラたちの一人に、決まってるさ」

立花が、斉木に並んだ。

「でも、ぼくたちがお勘定をするときには、連中はだれも残っていませんでしたよ」

斉木は足を止め、立花を見上げた。

「おぼっちゃまはもう、おれたちに用がないはずだ。警務課長のところへもどって、監察の勉強でもするがいいさ」

立花は、顎を引いた。

「それって、皮肉ですか」

「ああ、皮肉だ。只飯の食い方も一つ覚えたし、今日は収穫があってよかったな」

小百合が割り込む。

「とにかく、席にもどりましょう」

四人そろって、生活安全課にもどった。

自分のデスクがない立花は、折り畳みの補助椅子を引っ張って来て、梢田のそばにすわり込んだ。

「密告電話の続きですけど、あのチンピラたちのしわざでないとしたら、ぼくたちと一緒に昼飯を食った、栗原とかいうワイシャツの男じゃないですかね」

「でも、わたしたちがお店を出るときには、ほかにもお客さんがはいっていたわ。栗原だけに、特定できないでしょう」

小百合の言葉に、斉木が指を振る。

「栗原にしてもほかの客にしても、わざわざおれたちのことを告げ口する、理由がないだろう。例のチンピラの中に、近くでおれたちの様子をうかがっていたやつが、いたんじゃないか。連中は、あしたも行くに違いない。こっちも行って、やつらの素性を突きとめるんだ」

梢田は、斉木の顔を見た。

「行くって、〈魚の目〉にか」

「そうだ。どこへ行くと思った」

「しかし向こう一年間は、〈魚の目〉に立ち入ることはまかりならんと、署長の厳命がくだったんだ。もしばれたら、今度こそ営倉行きだぞ」

「それがどうした。署の留置場の飯は、けっこうバラエティがある。〈魚の目〉に行くより、食生活が豊かになるさ」

斉木にちゃかされて、梢田はくさった。

5

翌日。

斉木斉の命令で、梢田威は五本松小百合と一緒に午前十一時過ぎ、〈魚の目〉へ向かった。念のため、二人とも昨日とはがらりと服装を変え、伊達眼鏡《だてめがね》をかけた。

路地の入り口からのぞくと、案の定前日の男たちが例のごとく徒党を組み、店の前に並ぶ姿が見えた。あの坊主頭もいれば、革ジャンパーもいる。

「くそ。あいつら、全然こりてないな」

梢田が毒づくと、小百合も眉をひそめる。

「ほんとですね。なんて連中かしら」

「あいつらの中に、密告電話したやつがいると思うか」

「さあ。威勢がいいばっかりで、そんなに頭が回りそうな人は、見当たりませんけど」

「やはり兄貴格の、あの坊主頭かな」

「立花さんに締め上げられた、革ジャンパーの若者かも」

梢田が、ため息をついた。

「どっちにしても連中は、一時半ごろまで神輿を上げないだろう。早飯でも食うか」

「万一ということもありますから、交替で見張りましょう。最初は、梢田さんにお願いします。五本松は、あのビルのオーナーとコンタクトして、立ち退きの事情を確認してきます」

「オーナーって、どこにいるんだ」

小百合は、長太郎ビルを指した。

「あそこに、ドアが見えるでしょう。上の階に、オーナーの事務所があるんじゃないかしら」

なるほど、〈魚の目〉がはいっているビルの横手に、別のドアが見える。表札が二枚貼りつけてあるが、距離がありすぎて読めない。

「分かった。店があいて、連中が中にはいったら、訪ねてみてくれ」

十一時半近くになると、前日と同じように男たちが声を上げ、ガラス戸を叩き始めた。玉島道雄が、うんざりした顔で店を開き、男たちはぞろぞろと中にはいった。ガラス戸が閉じて、店の前にはだれもいなくなった。

小百合は、路地にはいって足速にビルに近づき、横手のドアの表札を確かめた。すぐに振り向き、梢田にVサインを出す。どうやら、オーナーの事務所があるらしい。

小百合は、ドアの中に姿を消した。

昼に近づくと、近くの勤め人やOLが食事をとりに、あちこちから通りに出て来る。梢田が待機する路地も、人が行き来し始めた。ときどき、〈魚の目〉を外からのぞき見る者もいるが、並んで待つ気配はない。あの連中のせいで、すっかり見放されたようだ。

二十分ほどで、小百合がもどって来る。

「どうだった」

　梢田が、いかにも立ち話をしている感じで聞くと、小百合は低く答えた。

「オーナーは鈴木長太郎という、八十前後のご老体でした。もとの地主は、目黒《めぐろ》区鷹番《たかばん》在住の山田三郎という人ですが、三か月ほど前ツミイ不動産の地上げに応じて、あの土地を売ったそうです。この一画を全部地上げして、賃貸マンションを建てる計画らしいわ」

「そのじいさんは、あっさり立ち退きに応じたわけか」

「ええ。そこそこの立ち退き料を、提示されたみたいですね。三階は、もう一年前から空いてるそうだし、残るは〈魚の目〉だけ。もっとも、ご老体はわれ関せず、という様子でした」

「となると玉島のおやじも、もうがんばるわけにいかんな。たっぷり立ち退き料をせしめて、どこか近くに移るしかないだろう。その場所も、ツミイ不動産に手当てさせればいいんだ」

「ツミイの担当は、九段《くだん》の支店にいるそうです」

　小百合は手帳を取り出し、メモを確かめた。

「ええと、ツミイ不動産九段支店、地域開発部第二課長、小林修一郎。シュウは修業の修です」

「その小林って野郎と、今店を占拠してる連中にコンタクトがあれば、だれの差し金かは一目瞭然だな」

腕時計を見ると、男たちが店にはいってからだいぶたつが、まだ正午を十分ほど回っただけだった。

「当分、出て来ないでしょう。今度は、五本松が見張ってますから、梢田さんはお昼を食べて来てください。どうぞ、ごゆっくり」

「分かった。もし、予想より早く連中が出て来たときは、ケータイに連絡をくれ」

「了解」

梢田は小百合を残し、近くの寿司屋〈すし庄〉へ、ねぎトロ丼を食べに行った。〈魚の目〉と同じように、気のいいおやじと美人のかみさんがやっている、うまくて安い店だ。

おやじは、〈魚の目〉の立ち退きの話を耳にしており、とてもひとごととは思えない、と言った。そういう立場になったら、自分も徹底抗戦するつもりだ、と息巻く。

十五分で食べ終わったが、小百合から呼び出しがないのを幸い、〈エリカ〉に行ってコーヒーを飲んだ。

漫画を読んでいるうちに、ほどなく一時近くになった。

路地の入り口にもどると、小百合はその辺を行ったり来たりしながら、手持ち無沙汰に空を眺めていた。

「どうだ、様子は」

「昨日と同じです。はいったきり、出て来ません」

ガラス戸の中から、騒ぐ声が漏れてくる。相変わらず、並ぶ客は見当たらない。

「この分だと、たっぷりあと一時間はかかる。ゆっくり、昼飯を食ってこい」

「梢田さんは、何を召し上がったんですか」

「〈すし庄〉の、ねぎトロ丼だ」

「それじゃ、五本松もそうします」

小百合がいなくなってから、五分もしないうちにいらいらしてきた。

いっそ店に乗り込んで、連中をぐうの音も出ないほど締め上げ、二度と来られないようにしてやろうか、と思う。

もしこの時点で、玉島が御茶ノ水署に救いを求めていれば、署長も見過ごすわけにいかないはずだ。その場合、署長は斉木を直接ここへ送り込むか、梢田ないしは小百合の携帯電話に、なんらかの連絡を入れてくるだろう。

それがないところをみると、玉島はまた例によってじっと辛抱し、嵐が過ぎるのを待っているらしい。まったく、人がいいにもほどがある。

三十分もしないうちに、小百合がもどって来た。

「そろそろじゃないですか」

梢田は、少し考えた。

「どうだ、こうしないか。あの連中の尾行は、おれが引き受ける。きみはこれから、九段のツミイ不動産へ回って、小林修一郎とやらに話を聞く。小林が、あいつらを雇った気配があるかどうか、感触を探るんだ」

小百合は、小さく首をかしげた。

「お一人で、だいじょうぶですか。あの連中、店を出たらばらばらに別れる、と思いますけど」

「そうなったら、坊主頭のあとをつける。万が一、あの野郎がおれを九段へ案内するようなら、手間が省けるというもんだ」

「分かりました。それじゃ、すぐに行って来ます。また、ケータイで」

そう言い残して、小百合は表通りへ向かった。

五分ほどすると、〈魚の目〉の中から罵声のようなものが聞こえ、さらに瀬戸物らしきものが割れる、派手な音がした。

梢田は、よほど店に駆けつけようかと考えたが、なんとか思いとどまった。何が起きたか、はっきりしないうちに顔を出したら、元も子もなくなる恐れがある。

ガラス戸がいっせいに開き、男たちが思いおもいの格好で、外へ出て来た。中の様子を確かめる前に、すぐに戸が閉じられる。何があったか、分からなかった。

梢田が、角の電柱の陰からうかがっていると、男たちは坊主頭を先頭に路地を反対方向へ、ぞろぞろと歩き出した。

一つ目の横丁に出るなり、男たちは坊主頭にひととおり挨拶して、白山《はくさん》通りの方へ向かった。坊主頭だけが、錦華通りに足を向ける。

梢田は、そのあとを追った。

坊主頭は錦華通りを突っ切り、猿楽《さるがく》通りを渡って山の上ホテルの裏手へ上がり、さらにとちの木通りをへて、かえで通りへ抜けた。そこから、御茶ノ水駅へ向かう。一度も後ろを、振り返らなかった。

坊主頭は、明大通りへ出る少し手前で、ビルとビルの間の細い小道を、右にはいった。

梢田は、小走りにその角へ駆け寄り、中をのぞいた。レンガを敷いた小道の左側に、同じレンガ造りの小さなビルがあり、坊主頭はその中に姿を消した。

梢田が入り口に達したとき、中のエレベーターホールにはだれもいなかった。

エレベーターの表示が、のぼりながら点滅している。明かりは、六階で止まった。

メールボックスを調べると、六階には〈ガゼット・プロ〉という会社、ないし事務所らしきものが、名札を出しているだけだった。

駅前の交番に行き、巡査に巡回連絡票の閲覧を要求する。

巡回連絡票は、この近辺のビルにはいっている入居者が、警察の要請に応じて会社や個人のデータを書き込んだ、内部資料だ。むろん、入居者が要請に応じる法的な義務はないが、過激派と間違えられたくないとか、万一のとき警察に助けを求めやすいとかいう理由で、きちんと書き込む者が多い。

それによると、〈ガゼット・プロ〉は芸能プロダクションで、要するにタレントの斡《あっ》旋《せん》業《ぎょう》のようだった。社長は、音川三奈子《おとかわみなこ》という女性で、年齢は三十八歳。自宅は足立《あだち》区西新井《にしあらい》。出身校まで記入してあり、西新井女子学園卒となっている。事務所開設は、二年ほど前だ。

梢田は、それらをひととおり細かく、手帳にメモした。

芸能プロに出入りするところをみれば、あの坊主頭はタレントなのだろうか。それとも、何か別の用事があって、〈ガゼット・プロ〉を訪ねたのだろうか。

交番を出て、どうしようかと思案にくれていると、携帯電話が震えた。

斉木斉だった。

「今、どこにいる」

「御茶ノ水駅前の交番だ。例の、坊主頭の男を〈魚の目〉からつけて来たら、この近くの芸能プロダクションにはいった」

「芸能プロダクションだと。どういうことだ」

「分からん。〈ガゼット・プロ〉というプロダクションで、社長は音川三奈子という女だ。音楽の音に三本川、数字の三に奈良の奈と書く」

ついでに、メモした内容をひととおり、読み上げる。

斉木は、それをいちいち書き取っているようだったが、唐突に話を変えた。

「坊主頭はあと回しにして、すぐに〈魚の目〉へ回ってくれ。玉島が、保安二係のおれたちの電話に、連絡をよこしたんだ。かみさんが、怪我をしたらしい」

「怪我だって」

梢田は、先刻店の中から聞こえた物音を、思い出した。

「玉島が、そう言っている。とにかく、様子を見てきてくれ。場合によっては、坊主頭をしょっぴくことになるかもしれん」

「よしきた」

梢田は、来たときと同じ道を急いでたどり、〈魚の目〉にもどった。

すでに、暖簾は引っ込められていたが、ガラス戸はあいていた。梢田が中にはいると、カウンターの内側にいた玉島と節子が、そろって顔を振り向けた。

「どうした。係長に、電話をくれたそうじゃないか。かみさんが、怪我をしたって」

玉島が、興奮した面持ちで、椅子を立つ。

「そうなんです。出がけに、あの坊主頭のヤクザが金を払いながら、仕切り台の上からこいつの手を目がけて、茶碗《ちゃわん》を投げつけやがったんです」

そう言いながら、節子の右手をぐいとつかみ、掲げてみせた。手首のところに、タオルが巻きつけてあり、血がにじんでいる。

「ほら、このとおり」

すると、節子があわてたように手をもぎ離し、体の後ろに隠した。

「違うんですよ、梢田さん。あの坊主頭の人は、わざとやったわけじゃないの。お金を渡そうとしたとき、はずみで茶碗に腕が当たって、流しに落ちたんです。そこに、たまたまわたしの手があっただけで、傷つけるつもりはなかったのよ」

玉島の顔が、赤くなる。

「なんだって、あんなやつをかばうんだ。あれは、たまたまなんかじゃないぞ。わざとやったに決まってる。あいつを、傷害罪か何かで訴えてやれば、いやがらせはやむんだ」

「わざとかたまたまか、あんたは見てなかったんだから、分からないじゃないの。いくらいやなお客だって、嘘《うそ》をついて罪に落とすわけには、いきませんよ。ねえ、梢田さん」

節子に同意を求められて、梢田もちょっと困惑した。

「まあまあ、二人とも落ち着いて。わざとやった、という確かな証拠があるなら、しょっぴいてお灸《きゅう》をすえることも、できなくはない。しかし、かみさんの言うようにわざとでなかったなら、罪に問うのはむずかしいな。まあ、器物損壊とか過失傷害の線がなくもないが、それもきついだろう」

玉島は、引き下がらなかった。

「あいつらは、ここんとこ毎日のように店を占領して、書き入れどきの邪魔をしやがるんだ。連中を、うまく傷害罪で引っ張ってもらえれば、商売もどおりになるんです。なんとか、お願いしますよ、梢田さん」

梢田は、節子を見た。

「どうなんだい、かみさんは。被害届を、出す気があるのか」

節子が、きっぱりと言う。

「わたしは、出す気なんかありません。いくらなんでも、無実の人を訴えたりするのは、性に合わないわ。どっちみち、たいした怪我じゃないし」

それを聞いて、玉島は気が抜けたようにすとん、と椅子に腰を落とした。

「くそ。それじゃ、手の打ちようがねえじゃねえか」

梢田の携帯電話が、またぶるると震える。

表示を見ると、小百合だった。

「五本松です。今、どちらですか」

「〈魚の目〉にいる。トラブルがあってな」

「トラブルって」

「かみさんが、ちょっと怪我をしたんだ。坊主頭がやったかやらないかで、おやじさんとかみさんの意見が食い違って、往生してるとこさ」

「坊主頭は、どうしましたか」

「それは、あとで話す。そっちはどうだ」

「ツミイ不動産の、小林修一郎に会ってきました。今、神保町の交差点と駿河台下《するがだいした》の間にある、〈マクドナルド〉の前に立っています。来ていただけませんか。署にもどりながら、報告させてください」

6

五本松小百合が、歩きながら説明する。

「小林の話では、〈魚の目〉に立ち退きをせかしたことは、一度もないそうです。とりあえず、相場よりも二割方高い立ち退き料を提示して、返事を待っているところだと主張しています。ご時世からしても、急いで開発しなければならない状況ではないし、せっつくつもりはないとのことです。一年契約が切れる来月以降、さらに継続して賃借契約を更新したいのなら、それにも応じる用意がある。ただし、その場合には立ち退き料を減額させてもらう、と通告してあるとか」

梢田威は、指を鳴らした。

「ヤクザを使って、立ち退きをせかしているそぶりはなかった、というわけか」

「おやじさんには、ヤクザのいやがらせより立ち退き料を減額される方が、厳しいんじゃないかしら」

駿河台下の交差点を渡り、明大通りを駅の方へのぼって行く。

「小林は、〈魚の目〉の移転先について、相談に乗っている様子はなかったか」

「相談に乗ると言ってやったのに、おやじさんの方からは何の相談もない、ということでした」

梢田は、首を捻った。

「なんだか、おかしな具合だな。どっかが、微妙に狂ってるようだ」

ポケットで、また携帯電話が震える。

斉木斉だった。

「今五本松と、署へ向かってるとこだ。あと五分ほどでもどる」

梢田が言うと、斉木は応じた。

「もどらなくていい。もう一度、〈ガゼット・プロ〉へ行ってくれ。おれも、そこへ向かってるところだ。現地で、落ち合おう」

「落ち合うって、場所は分かってるのか」

「交番で確認するさ。もたもたするなよ」

斉木は言うだけ言って、勝手に通話を切った。

梢田は、小百合を見た。

「署へもどるのはやめだ。斉木が、〈ガゼット・プロ〉で落ち合おう、だと」

「〈ガゼット・プロ〉って」

「駅前の、芸能プロダクションだ」

先刻、〈魚の目〉から坊主頭を尾行したいきさつを、手短に話して聞かせる。

聞き終わると、小百合も首を捻った。

「それもなんだか、おかしな話ですね。係長は、何を考えてるのかしら」

「あいつのことだから、また裏でこそこそ何かつつき回して、こっちの鼻を明かそうとしてるんじゃないか」

明央大学の前で、もう一度通りを渡り直し、坂をのぼって行く。

「しかし、昨日署長から向こう一年間は、〈魚の目〉に立ち入るなと言われたばかりだぞ。昨日の今日で、店へ行ったことがばれたら、どうなると思う」

「今日のことは、しかたないでしょう。ご飯を食べに行ったわけではないし、管内の住民の安全を図るための、いわば緊急避難行動ですから」

なかなか、うまいことを言う。考えるのは、小百合に任せた方が無難だ。

駅前の交差点を左折し、かえで通りにはいる。例の、ビルとビルの間にある小道の入り口で、すでに斉木が待っていた。

「いったい、どういうつもりだ。説明してくれ」

梢田が言うと、斉木は先に立って小道を歩き出した。

「おれは、おまえたちのようにあちこち歩き回らなくても、だいじなことは電話一本で調べられるんだ。黙ってついて来い」

梢田は小百合と顔を見合わせ、ぐるりと瞳を回してみせた。

とたんに、小百合があわててハンドバッグを開き、携帯電話を取り出す。着信ランプが、点滅していた。

画面を見て、小百合は声を上げた。

「あら。ツミイ不動産の、小林修一郎だわ。何かあったら、連絡をほしいと言っておいたんですけど、さっそくかけてきたみたい」

言い訳をしながら、受話口を耳に当てる。

「はい、五本松です。先ほどはどうも。はい。ええ。ほんとですか」

小百合は眉をひそめ、真剣な顔で相手の話を聞いていた。

先に、目当てのビルにはいった斉木が、待っていたエレベーターにさっさと乗り込む。

梢田は、入り口で話し込む小百合を親指で指し、少し待てと合図した。斉木は、開いたドアを手で押さえ、いらいらした顔で小百合をせかした。

小百合は、話しながらエレベーターホールまで、やって来た。

「分かりました。わざわざ、ありがとうございました」

話を締めくくり、通話を切る。

梢田と小百合が乗るのを待って、斉木はエレベーターのドアを閉じた。

「ツミイの小林が、何を言ってきたんだ」

梢田が聞くと、小百合は当惑した顔で二人を見比べた。

「今しがた、玉島道雄が小林に電話をよこして、立ち退きを了承すると言ってきたそうです」

梢田は、斉木を見た。

「やっぱりな。かみさんが怪我をさせられて、あのおやじもぶるったんだろう」

斉木は別に驚いた顔もせず、昇降表示の動きを眺めている。

六階に着いて、ドアが開いた。

目の前に、ピンク一色に塗られたドアが立ち塞がり、梢田は一瞬ぎくりとした。ドアいっぱいに、白いペンキで〈ガゼット・プロ〉と、大きく殴り書きしてある。

斉木はノックもせずに、ぐいとそのドアを引きあけた。

正面のソファにすわり、芸能雑誌を読んでいた例の坊主頭の男が、顔を上げる。梢田たちの顔を見ると、尻に火搔《ひか》き棒《ぼう》を突っ込まれたアヒルのように、ぴょんと跳び上がった。あわてて、サングラスをはずす。

三人はどどっと事務所に押し入り、しんがりの小百合がドアをしめた。

書棚の陰になった右手の奥に、玉突き台そこのけの大きなデスクが設置され、その向こうに女がすわっていた。

金髪に赤い縁の眼鏡、真っ白に塗りたくった顔に、深紅の唇。そのわきに、大きなホクロが見える。

女が、三人をきっと見据える。

「なんですか、あなたたちは」

日本語をしゃべったところをみると、どうやら日本人らしい。

しかし、着ているものは襟の広いピンクのジャケットに、フリルつきのパールトーンのブラウスと、日本人離れもはなはだしいいでたちだ。首のまわりには、一つひとつがゴルフボールほどもある、緑色の玉が連なったネックレスをしている。眼鏡についた鎖は、おそらく純金だろう。

斉木は、坊主頭をぐいと親指で示した。

「こいつに聞けば分かる」

坊主頭は、その場で直立不動になり、結婚式の司会者のような口調で、女に言った。

「こちらのみなさんは、御茶ノ水警察署の刑事さんです」

女は、柱時計が鳴るのを聞いたほどにも、驚かなかった。

「刑事さんが、なんのご用かしら」

斉木は、もったいぶった態度で上着の襟に指を添え、女を見下ろした。

「あんたが、社長の音川三奈子さんかね」

「そうです。あなたは」

「生活安全課の、斉木というものだ。こっちは梢田、そっちは五本松。あんたに、聞きたいことがある」

坊主頭が、口を開く。

「あの、この人たちは」

斉木が、くるりと坊主頭に向き直って、人差し指を突きつける。

「おまえは黙って、すわってろ」

坊主頭は、人差し指の銃に撃たれたような格好で、ソファにすとんと腰を落とした。

黒のスーツがはだけて、ぽこんと突き出た腹が丸見えになる。

斉木は、音川三奈子に目をもどした。

「あんた、この坊主頭をはじめチンピラどもを使って、〈魚の目〉にいやがらせをしたな」

三奈子が、唇をぐいと引き結ぶ。

「そんな証拠が、どこにあるの。杉山たちはあそこへ、お昼ごはんを食べに行っただけよ」

坊主頭にも、杉山といういれっきとした名前があるらしい。

梢田は、杉山を睨みつけた。

「おまえ、さっき〈魚の目〉のかみさんに茶碗を投げつけて、怪我をさせたな。傷害罪で、逮捕するぞ」

杉山は、またぴょんと跳び上がった。

「そ、それは誤解です。ぼくはただ、茶碗を流しで割ろうとしただけで、破片がおかみさんに当たるなんて、思わなかったんです。それに、あれは、その」

そこで言葉を途切らせ、三奈子の方をおずおずと見る。

梢田は、そんな杉山の様子を、つくづくと眺めた。

「おまえ、ほんもののヤクザじゃないな。ただの、チンピラタレントだろう」

杉山が、しゅんとした顔で、うつむく。

小百合が、三奈子に聞いた。

「だれに頼まれて、〈魚の目〉にいやがらせをしたのか、言ってごらんなさい」

三奈子が指で、眼鏡を押し上げる。

「いやがらせをされたと、〈魚の目〉が訴えたとでもいうんですか」

「訴えを出させてもいいんだぞ。あんたが、正直に答えないのならな」

梢田が脅しをかけると、三奈子は鼻で笑った。

「時間をかけて、ご飯を食べるのが罪になるとおっしゃるなら、六法全書のどこにそう書いてあるのか、教えていただきましょうか」

その自信満々な態度に、梢田はちょっと気後れがした。刑事を相手に、こうも落ち着き払っているのは、何か理由があるはずだ。

小百合が、追い討ちをかける。

「ついさっき、〈魚の目〉から立ち退きに応じると連絡があった、と不動産会社が知らせてきたわ。あなたたちの、狙いどおりになったわね」

三奈子の目を、一瞬奇妙な色がよぎる。

「あら、それはご愁傷さま。でも、わたしには、関係ないことですよ」

わずかの間、事務所の中がしんとなった。

突然、斉木が言う。

「あんたは今三十八歳で、結婚経験なし。中学高校は、足立区の西新井女子学園。それに、間違いないな」

急に話が変わったので、三奈子は目をぱちくりさせた。

梢田はとまどい、小百合もわけが分からないという顔で、斉木を見つめる。

三奈子は、ごくりと唾をのんだ。

「それがどうした、とおっしゃるの」

「どうもしない。ただ、西新井女子学園で六年間仲良くしていたのが、玉島節子だってことを言いたかっただけだ」

梢田はあっけにとられ、小百合と顔を見合わせた。初耳もいいところだ。

さすがに虚をつかれたとみえて、三奈子が椅子から背を起こす。

「それがどうした、とおっしゃるの」

同じせりふを吐いたが、声が少し上ずっていた。

「あんたは玉島節子に頼まれて、その坊主頭をかしらにチンピラのエキストラを掻き集め、〈魚の目〉へいやがらせに行かせたんだろう。玉島のおやじが、店を閉めたくなるようにな」

三奈子は返事をせず、じっと斉木を見返している。

梢田は、分かったような分からないような気分で、小百合を盗み見た。小百合も同じらしく、思い切り肩をすくめてみせる。

気まずい沈黙を破るように、杉山が元気よくしゃべり出した。

「ええと、そうなんです。昼飯どきに店を占拠して、ほかの客がはいらないようにしろ、と言われたんです。なんでも、おやじさんがいっこうに立ち退こうとしないので、奥さんが業を煮やしてその気にさせようと、一計を案じたと聞きました」

「お黙り、杉山」

三奈子が叱責したが、杉山はやめなかった。

「ぼくが、奥さんに怪我をさせたのは、さっき言ったとおり偶然なんですよ。ちょっと暴れてみせれば、おやじさんも腰が砕けて立ち退きに応じるはずだと、奥さんが自分でそう言うもんだから、茶碗を投げつけたんです。それがたまたま、奥さんに当たっちゃいましてね。まあ、それこそ怪我の功名というか、おやじさんも立ち退きに応じたらしいし、めでたしめでたしですね。でも、こういうのってやはり、傷害罪になるんでしょうかね」

そのとっぽい口調に、梢田はつい笑ってしまった。節子が、警察に被害届を出すのを拒んだのも、無理はない。

三奈子は、これで全部ばれたと言わぬばかりに、両腕を広げた。

斉木一人が真顔で、なおも三奈子を問い詰める。

「なぜ玉島節子は、そんなめんどうな手を使ったんだ」

「だって、そうでもしなきゃあの頑固おやじは、いつまでも立ち退かないでしょう。節子は、居すわることで立ち退き料が減らないうちに、なんとかだんなにうんと言わせたいと、非常手段に訴えたのよ。節子だって、少しは人生を楽しまなくちゃね。わたしはただ、子供のころからの親友のために、そのお手伝いをしただけ。被害者は、だれもいないのよ。これって、犯罪かしら」

梢田は口を開いた。

「ああ。警察官愚弄罪という、りっぱな犯罪だ」

三奈子は一瞬目をむいたが、すぐにからかわれたと分かって、口元を歪《ゆが》めた。

「ついでに言っておきますけど、節子は立ち退き料がはいったらあのだんなと、離婚するつもりでいるわ。これまでの苦労を考えると、だんなにも警察にもそれを止める権利はない、とわたしは思います。節子のために、間違っても邪魔をしないでくださいね」

かえで通りに出るまで、三人とも口をきかなかった。

明大通りの信号待ちで、梢田は斉木に質問した。

「音川三奈子と玉島節子を、よく結びつけたもんだな。あんたの山勘には、シャッポを脱ぐよ」

「山勘じゃない。ちゃんと理由がある」

斉木の返事に、小百合が興味を引かれたように、顔を見上げる。

「どんな理由ですか」

「署長室で聞き忘れたことを、副署長に確かめてみたのさ。おれたちが、〈魚の目〉で金を払わなかった、と密告したやつのことをな」

「しかし、匿名だったんだろう」

梢田が言うと、斉木は青信号で歩き出しながら、小さく笑った。

「匿名だったが、女の声だったとさ。あのとき、金を払わなかったのを知ってる女は、五本松と玉島節子しかいない」

小百合が笑う。

「なるほどね。五本松でなければ、玉島節子しかいませんね」

「そうだ。もしやと思って、西新井女子学園に電話で問い合わせたら、音川三奈子と玉島節子は同学年に、在籍していたことが分かった。となれば、筋書きは見えてくるだろう」

　得意げに言う斉木を、梢田は鼻先で笑った。

「おれの辞書では、そういうのを山勘というんだ」

「おまえが辞書を持ってるなら、おれは死海文書を持ってるよ」

　斉木が言い返したとき、なんの脈絡もなく突然梢田の頭に、だいじなことがよみがえった。

　横断歩道の真ん中で、思わず足を止める。

「すまん。だいじなことを思い出した。おれはこれで、早退する。あとは頼んだぞ、五本松」

　そう言い残して、とっさにきびすを返した。

「ちょっと、梢田さん」

　呼びかける小百合に手を振り、梢田は明大通りを駿河台下に向かって、一直線に駆けおりた。

　すずらん通りにはいり、パチスロの〈ビーム〉に飛び込む。

　例のなじみの店員をつかまえ、息せききって問いかけた。

「おい。おれのコインを、ちゃんと保管してあるだろうな」

「は」

店員のとまどった顔に、梢田がなおも詰め寄った。

「とぼけるな。昨日、おれが稼いであんたに預けた、あのコインだ。ざっと二千枚は、あったはずだぞ。一枚でもなくしたら、営業停止にすると言っただろう」

店員が、愛想笑いを浮かべる。

「ええと、あのコインはもう残っていませんが」

梢田は思わず、店員の鼻先に顔を突きつけた。

「それは、どういう意味だ。おれのコインを、どこへやった」

「お連れさまが、全部使い切ってしまわれました」

「お連れさまだと。だれのことだ」

「いつもご一緒に見える、ダックスフントみたいな顔のかたです」

梢田は、頭にがんと一発くらった気分になり、めまいを覚えた。

「あ、あいつが、使い切っただと。い、いつのことだ」

「今日のお昼です。背の高い、お若いかたと一緒にお見えになって、お二人で全部すってしまわれました。そう、確か、三十分ほどで」

目の前が暗くなる。

小百合と二人、〈魚の目〉のまわりをうろうろしている間に、あの男は新米のキャリアのご機嫌をとろうと、せっかくため込んだだいじなコインを、勝手に使ってしまったのだ。

頭にきた梢田は、店を飛び出した。

御茶ノ水署に向かって、まっしぐらに駆ける。

こうなったら、二人ともただでおくものか。

オンブにダッコ

I

梢田威は、立花信之介を振り仰いだ。

「いいか。街を歩くときは、目線を止めずに上下左右をよく見ながら、ゆっくり歩くんだ。どこから、怪しいやつが飛びかかってこないとも、限らないからな」

「分かりました」

立花が梢田を見下ろし、まじめな顔で答える。

梢田も、決して小柄な方ではないが、立花と並ぶと額のあたりに相手の鼻があり、どうも話しにくい。まったく、よく育ったものだ。

立花は、値の張りそうな麻のベージュのスーツを着込み、同じく麻のレンガ色のネクタイを締めている。いかにも、エリート然としたいでたちに、嫉妬を覚える。こっちときたら、吊《つ》るしの安物のスーツしか、着たことがない。

足元もそうだ。見るからに手縫いと思われる、しゃれた靴をはいている。梢田は、一足一万円以上の靴を、買ったことがない。いい靴をはいたやつを見ると、踏んづけたくなる口だ。毎日、靴底を磨《す》り減らして歩く仕事に、高い靴をはく必要はない。

立花が、大通りを隔てた向こう側に見える、高層ビルを指して言う。

「あそこに、どでかいビルが二つでんと建ってますけど、神保町という土地柄にはちょっとばかり、場違いな気がしますね」

神田小川町の、裏通りを歩いているところだった。

梢田はハンカチを出し、額の汗をふいた。

「二つのうち一つは、住宅用のマンションだ。夜間人口を確保するために、オフィスだけの開発は、規制されてるからな」

立花は、目をもどした。

「夜間でも昼間でも、人口が増えればこの街もにぎやかになるから、まあいいか」

後ろを歩いていた、五本松小百合が口を開く。

「でも、ただ人の数が増えればいい、というものではないわ。やはり、神保町文化に理解を持つと同時に、それに貢献できる人や企業が集まらないと、ただうるさいだけの街になってしまいます」

梢田は振り向き、小百合の顔を見直した。

小百合が、御茶ノ水警察署に配属されて何年にもなるが、神保町について意見を述べるのを聞いたのは、初めてだった。

立花が、人差し指を立てる。

「そう言えば、あの押元《おしもと》興業がすずらん通りの近くに、ビルを建ててるらしいですね」

「ああ。あと、一か月もしないうちに、完成するんじゃないか」

押元興業は、テレビで活躍するお笑いタレントを数多く抱える、最大手の芸能事務所だ。その押元興業が、神保町へ進出するという。

立花が、首をかしげる。

「神保町と押元興業って、全然結びつきませんよね。新しいビルには、芸能スクールや小さな演芸場がはいるって、そう聞きましたけど」

「若手のお笑いタレントが、そこでライブをやるとかいう話だろう」

それを受けて、後ろから小百合が言う。

「そうなると、若手芸人のオッカケがこのあたりをうろうろして、神保町文化に多大の貢献をしてくれるかも」

皮肉な口調だった。

押元興業が進出してくれれば、これまで神保町になじんだ人びととは違う人種が、大挙して押し寄せる可能性がある。その結果、当然いざこざやけちな犯罪が増え、生活安全課の仕事も忙しくなるだろう。

気が重くなり、梢田は口を閉じた。立花も小百合も、黙って歩き続ける。

路地を曲がると、最近では珍しい高い板塀に囲まれた家が、右側に現れた。昔から、そこにあるのは承知しているが、どういう家かは知らない。

立花が後ろを振り向き、小百合に話しかける。

「この辺は、大きなビルばかりだと思ったのに、一般住宅もあるんですね」

「ひところよりずいぶん減ったけれど、まだ何軒かは残っているわね」

返事をする小百合を、梢田は盗み見た。

やはり麻と思われる、白のサマースーツを着ている。ジョーゼットのブラウスから、薄くブラジャーが透けて見える。これまで、あまり目にしたことのない、涼しげなファッションだ。

考えてみると、キャリアの立花が警部補の肩書で、御茶ノ水署へ研修に配属されてから、小百合は妙に身ぎれいになった。気のせいかもしれないが、立花に好意を寄せているのではないか、と勘ぐりたくなる。

いや、それはないだろう。あってはならないことだ。小百合の方がずっと年上だし、梢田より上級の巡査部長には違いないが、キャリアの立花とは釣り合わない。先輩として、いろいろ指導してやりたいという、母性本能のようなものが働いているだけだ、と思いたい。

副署長の命令で、このところ保安二係が立花のお守り役を、おおせつかっている。

今日は今日とて、係長の斉木斉からめんどうを見るように言われ、梢田は小百合と立花を引き連れて、管内の質屋回りに出たのだった。もっとも、質屋回りは小百合の方が専門だから、梢田はお目付役のようなものだ。

斉木が、三人を保安二係のフロアから追い払ったのは、一人でこっそり神田川《かんだがわ》の向こう側にある、フットマッサージの店〈杏里《あんり》〉に行くつもりだからだ、と承知している。

〈杏里〉は、御茶ノ水駅をまたぐ聖橋《ひじりばし》を越え、湯島聖堂前交差点を渡った左側にある。右側は、千代田《ちよだ》区外神田で御茶ノ水署の管内だが、左側は文京《ぶんきよう》区の湯島《ゆしま》一丁目だから、管轄が違う。勤務中に、用もないのに管轄外へ足を延ばすのは、本来ご法度だった。

梢田が思うに、〈杏里〉の従業員は二十代の若い女ばかりだから、その中に斉木好みの娘がいるに違いない。

梢田は、またハンカチを取り出して、額の汗をふいた。

「それにしても、くそ暑いな。アイスコーヒーでも飲むか」

立花が、上から見下ろす。

「さっき昼飯のあとで、飲んだばかりじゃないですか」

「サービスでついてるようなやつじゃなくて、ちゃんとしたアイスコーヒーを飲みたいんだ」

「それじゃ、そのあたりのカフェテラスにでも、行きますか」

「そんな、大衆的なコーヒーなんぞ、飲みたくもない。〈ラドリオ〉か〈さぼうる〉で、ちゃんとしたのを飲みたい」

「ここからだと、だいぶ歩きますよ。ぼくも、喉が渇いたな。表の靖国《やすくに》通りに、〈スターバックス〉がありませんでしたかね。大衆的ですけど」

「それだったら、自動販売機のコーヒーの方がましだ」

梢田が言うと、小百合は足を止めた。

「さっきの質屋の前に、自動販売機があったわ。わたし、買ってきます」

そう言い残すと、梢田が何も言わないうちにきびすを返し、もと来た道をもどり始める。呼び止めるいとまもなかった。

「まったく、気の早い女だな」

やむなく、梢田は立花に顎をしゃくって、板塀の向かいに建つビルの陰にはいり、暑い日差しを避けた。言い出した以上は、缶コーヒーでも飲まないわけにいかない。

梢田は汗をふき、ため息をついた。

そのとき、靖国通りの方から紺の甚兵衛《じんべえ》にステテコ姿の男が、やって来るのが目にはいった。半白の髪を短く刈り上げた、七十半ばほどに見える中背の男だ。

男は梢田たちに気づかず、おぼつかない足取りでよろよろと、向かいの塀の中ほどに差しかかった。

ふと、足を止めたと見る間に、その場にかがみ込む。そこに転がっていた、コンクリートのブロックを起こし、二つ重ねた。

何をするのかと、梢田はじっと男を観察した。

男は塀につかまりながら、重ねたブロックの上に危なっかしい足つきで乗り、爪先立ちになった。塀に顔を近づけ、中をのぞくようなしぐさをする。

梢田は興味津々、男の動きを見守った。

やがて、男のとがった肩が、細かく震え始める。

梢田はわけが分からず、立花の顔を見た。立花もきょとんとして、梢田を見返す。

目をもどすと、男はくるりと向きを変えて板塀に背をつけ、口を押さえた。肩が震えていたのは、笑いをこらえるためだった、と分かる。

男は、にやにや笑いを浮かべながら、アスファルトの上におりた。ブロックをもとどおりに倒し、首を振りふりまた歩き出す。塀の端の路地を曲がって、そのまま姿を消した。

男がいなくなると、梢田はまた立花を見た。

「なんだ、あれは。何かの、おまじないか」

立花が、塀を指さす。

「あの塀に節穴かなんかあいていて、そこから中をのぞいてたみたいですね」

「節穴。行ってみよう」

梢田は日なたに出て、塀に近づいた。

見上げると、確かに頭ほどの高さのところの板塀に、節穴があいている。背が、わずかに届かないので、男が乗ったブロックをもう一度積み直す。

その間に、長身の立花がちょっと身をかがめるようにして、節穴に目をつけた。

はっと息を吸う気配に、梢田は立花の脇腹をつついた。

「どうした。何が見える」

思わず声を出すと、立花は手で梢田を制した。

「しっ、静かに。聞こえちゃいますよ」

梢田は、声をひそめた。

「なんだ。だれかいるのか」

立花が、節穴から目を離して、困ったような顔をする。

「ええと、そうですね、なんというか」

「もったいぶるな。そこをどけ。おれにものぞかせろ」

梢田が押しのけようとすると、立花は肘を張ってそれを防いだ。

「ま、待ってください。先輩は、のぞかない方がいいと思います」

「そりゃ、どういう意味だ。キャリアはいいが、ノンキャリアはのぞくなってか」

「そういう意味じゃありません。ただ、ですね」

止められると、ますますのぞきたくなるのが人情だ。

梢田は、強引に立花を押しのけた。

「ただもくそもあるか。どけったらどけ」

ブロックの上に乗り、節穴に目をつける。

すぐ手前に、低い植え込みが広がっているのが、まず視野にはいった。あまり手入れが行き届いていない。その向こうに、築四十年は軽くクリアしそうな古い家が、建っている。

ガラス戸つきの、広い縁側。軒先で揺れる、涼しげな風鈴。藤棚からぶら下がる、ヘチマ。子供のころ、梢田が遊びに行った斉木斉の家が、ちょうどこんな感じだった。

しかし、そのような感傷は二秒ほどで、吹っ飛んだ。

藤棚の下に置かれた、帆布のデッキチェアに若い女が寝そべり、日光浴をしていた。黄色いビキニの、パンティの方は体に着けたままだったが、ブラジャーの部分はどこにもなかった。

女は茶のサングラスをかけ、両手を頭の下で組み合わせる格好で、仰向けに横たわっていた。そのため、黒ぐろとした腋毛《わきげ》が丸見えだった。

梢田は思わず唾をのみ、ささやいた。

「おい。こいつは、ちょっとした見ものだぞ」

立花が肩に手を置き、ささやき返す。

「やめてくださいよ、先輩。見つかったら、やばいじゃないですか。行きましょうよ」

「ばかを言え。近ごろじゃ、めったに見られないミロのビーナスの、ご開帳ときたもんだ」

「まずいですよ。巡査部長が、もどって来ますよ」

「だいじょうぶだ。あの質屋までは、だいぶ距離がある」

梢田は舌なめずりをして、塀に目を押しつけた。

仰向けになっても、女の乳房は崩れることなくつんと上を向き、腹はそれと対照的に引き締まっている。腰から太ももにかけて、むちむちと豊かに盛り上がった肉づきは、まったくふるいつきたくなるほどだ。

突然、雷のような声が響きわたった。

「だれだ、そこでのぞき見してるやつは」

2

梢田威は驚いて、塀から顔を離した。

その拍子に、バランスをくずしてブロックから足を踏みはずし、アスファルトに尻餅をつく。

急いで起き上がると、さっき見かけた甚兵衛にステテコ姿の男が、塀の端の路地から飛び出して来た。

同時に、塀の向こう側から女の悲鳴が聞こえ、ばたばたと家に駆け込む気配がする。

男は肩を怒らせ、よたよたと近づいて来た。

「どこのどいつだ、おまえたちは。真っ昼間からのぞきなんかしくさって、とんでもねえやつらだ」

しわだらけの顔を歪《ゆが》め、口から唾を飛ばしてののしる。

その姿に、立花信之介がたじたじとなりながら、両手を上げた。

「いや、その、わたしたちは別に、のぞきをしてたわけじゃないんです。この塀に穴があいていたので、不用心だなと思って、塞いだ方がいいんじゃないかと、相談していたところでしてね」

しどろもどろに説明したが、男は取り合おうとしない。

「嘘《うそ》をつけ。そっちの、いかにも好色そうな顔をしたやつが、鼻の下をのばして中をのぞくところを、この目でちゃんと見たぞ」

ズボンの汚れを払っていた梢田は、その罵詈雑言《ばりぞうごん》にさすがにむっとした。

「好色そうだの、鼻の下をのばしただのと、よく言うじゃないか、じいさん。もとはと言やあ、あんたが最初にここをのぞき見してたから、おれたちもそのまねをしただけだ。ちゃんと、見てたんだぞ。おれたちがのぞきなら、あんたこそのぞきの元祖だろうが」

まくし立てると、男は鼻で笑った。

「おうおう、開き直ったな、この若造が。おれがのぞいたからって、おまえたちものぞいていいって法が、どこにある」

「あんたののぞきがよくて、おれたちののぞきが悪いって法が、どこにある」

梢田は、ここぞとばかり言い返した。

立花が、また両手を上げる。

「まあまあ、二人とも落ち着いて。この際、喧嘩両成敗《けんかりょうせいばい》ということで、丸く収めませんか」

男は、ぎょろ目をむいた。

「喧嘩両成敗だと。冗談じゃねえや。こうなったら、出るとこへ出るまでよ。一一〇番に電話して、パトカーに来てもらおうじゃねえか」

梢田は、ちょっとひるんだ。

「警察沙汰《ざた》にする気か」

その口ぶりに、男はせせら笑った。

「あたりめえよ。お巡りを呼んで、白黒はっきりさせようじゃねえか」

立花が困惑した様子で、頭を掻《か》きながら言う。

「警察というとですね、実はわたしたちは御茶ノ水署の」

梢田は、あわてて割り込んだ。

「待て待て。つまりその、警察を呼べばおれたちだけじゃなく、あんたものぞきの罪で引っ張られることになる。それでもいいのか」

男は、聞いていなかった。

「オチャノミズショが、どうしたって」

「それはつまり、おれたちはお茶の水小学校の近くで働く、サラリーマンだってことさ」

いつもの手で、ごまかそうとする。

男は、疑わしげに二人の顔を見比べていたが、やがてきっぱりと言った。

「おれは、警察なんぞ怖くはねえ。さあ、どうだ。この家の電話を借りて、一一〇番しようじゃねえか」

塀の向こうを、親指でぐいと示す。

立花が、いいことを思いついたというように、拳で手のひらを叩《たた》く。

「そうだ。中にいる娘さんに、おわびするんですよ。娘さんが許してくれたら、別に警察を呼ぶ必要もないでしょう」

そのとき、間の悪いことに五本松小百合が缶コーヒーを三つ抱え、熱いアスファルトの上をもどって来た。

「どうしたんですか」

小百合の問いに、立花は軽く咳払《せきばら》いをした。

「ええとですね。このご老人がですね、ここの塀の穴から」

そこまで言いかけると、男は立花の肘をこづいて邪魔をした。

「ご老人とはなんだ。おれには、田中カクベエという、れっきとした名前があるんだぞ」

「田中角栄《かくえい》ですか」

「ばかもん。角は同じだが、おれは田中角兵衛だ。覚えとけ」

男は鼻息も荒く、言い捨てた。

「はあ、そうですか。わたしは、立花といいます。こちらが梢田さんに、五本松さん。お二人とも、わたしの同僚です」

田中と名乗った男は、小百合の方に乗り出した。

梢田を、顎で示しながら言う。

「この変態野郎が、そこの塀の穴から中にいる若い女の裸を、のぞき見したんだ。あんたも女なら、それがどれだけ罪深いことか、分かるだろう」

「変態とはなんだ、変態とは」

梢田が食ってかかるのを、小百合は手を上げて制した。

「ほんとですか、梢田さん」

梢田は言葉を詰まらせ、ネクタイの結び目を緩めた。

「のぞかなかった、と言えば嘘になるだろうな」

「それじゃ、のぞいたんですね」

くそ。

「ああ、のぞいたとも。しかし、裸の女が庭で日光浴してると知って、のぞいたわけじゃない。のぞいたら、たまたま裸の女が寝そべっていただけで、順序が逆なんだよな」

田中が、横から言う。

「順序なんて、関係ないよ、あんた」

小百合は、田中に目を向けた。

「田中さん、でしたね。あなたは、なぜこの塀の中に裸の女性がいることを、知ってらしたんですか」

鋭い質問に、田中が目をぱちぱちとさせて、口ごもる。

梢田は、ここぞとばかり、言い募った。

「そう、そこが問題だ。実はこのじいさんが、おれたちより先に塀の中をのぞいて、にやにやしやがったんだ。それで、おれたちはそこにある種の事件性を感じて、事実を確認しようと思ったわけだ」

梢田が、おれたちという言葉を口にするたびに、立花は不服そうに口をとがらせた。

小百合が、笑いをこらえるように言う。

「事件性というと、塀の中で殺人事件が起きているかもしれない、と思ったわけですか」

「その可能性が絶対にない、とは言い切れないだろう」

梢田は、なおもがんばった。

田中が、口をとがらせる。

「確かにおれも、中をのぞいたさ。しかし、おれは女の裸を見たからって、今さら劣情を催す年でもねえ。その点、この野郎は舌なめずりをしたばかりか、よだれまで垂らしやがった」

「よだれなんか、垂らしてないぞ」

否定しつつ、梢田はうっかり手の甲で、口をふいた。

田中が腕を組み、ぐいと胸をそらす。

「とにかく、警察を呼んで決着をつけようじゃねえか。このまま、うやむやに終わらせるわけにゃいかねえ」

立花が、急いで割り込む。

「ですから、この家に住むお嬢さんにお目にかかってですね、おわびをしようと申し上げたんですよ。おわびをして、なんとか穏便にすませていただけるなら、警察沙汰にすることもないわけだから」

小百合はうなずいた。

「ええ、それはいい考えね。ぜひ、そうしましょう」

梢田も、それ以外に事を収める手立てがない、と覚悟した。

「じゃあ、そうしよう。こっちも、悪気はなかったんだから」

田中は、いかにも不承不承という感じで、腕組みを解いた。

「まあ、のぞかれた当人が大目に見ると言うなら、それでもいいさ。だが、もし警察に訴えるってえなら、おれが証人に立つからな。そんときは、覚悟しやがれ」

そう言いながら、ふと小百合が手にした缶コーヒーを見やり、すばやく一本抜き取る。

「ふう、あんまりしゃべったんで、喉が渇いちまった」

止める間もなく、プルタブを引いて蓋を引きあけ、口をつけた。

梢田は、あっけにとられて抗議した。

「おい、じいさん。そいつは、おれたちの缶コーヒーだぞ」

「けちけちするな。こいつは、あんたらの罰金の前払いだ」

「冗談じゃない。罰金を払うにしたって、あんたに支払う義理はないぞ」

言い返す梢田を、立花が引き止める。

「缶コーヒーの一本くらい、いいじゃないですか、梢田さん。それより、早くこの家のお嬢さんに、おわびしましょうよ」

小百合は、残った缶コーヒーを梢田と立花に渡し、先に立って塀沿いに歩き出した。

田中がそれに続き、梢田と立花もあとを追う。よく見ると、塀の節穴は一つだけではなく、あちこちにあった。これでは、のぞいてくださいと言っているようなものだ。

小百合は、塀の角を曲がって路地をはいり、六、七メートル先の門の前で足を止めた。けっこう奥行きのある敷地で、ゆうに百平米を超えていそうに見える。それにしても、門がアスファルトの広い道ではなく、むき出しの土の狭い路地に面しているのは、いかにも奇妙な配置だ。

小さな屋根つきの、全体にかしいだ格好の腕木門《うでぎもん》の門柱に、そこだけ新しい石の表札がかかっている。〈岡島《おかじま》ミチル〉とある。

小百合が引き戸をあけると、一メートルと離れていない内側に、玄関のガラス戸が見えた。両脇には、建物に沿って前後の庭に出る通路があり、苔《こけ》で汚れた四角いコンクリートの飛び石が、埋め込まれている。

立花が呼び鈴のボタンを押すと、家の中でチャイムでもブザーでもなく、りんりんとベルの鳴る音がした。家そのものが、相当の年代物なのだ。

やがて、磨りガラスの内側に明るい色が広がり、がらがらと戸があいた。

梢田は一瞬あっけにとられて、そこに現れた女に見とれた。

赤と黄色と白が入り交じった、半袖のワンピースらしきものを着た若い女が、そこに立っていた。

梢田は子供のころ、そういうスタイルのワンピースを着た祖母を、見た覚えがある。当時それは、アッパッパと呼ばれたものだが、このご時世にまだ残っていたとは、知らなかった。もっとも、昔はこんな派手な模様のアッパッパは、なかったと思う。

同じように、あっけにとられていた小百合があわてた様子で、口を開いた。

「突然お邪魔して、申し訳ありません。つかぬことをうかがいますが、先ほどこちらのお庭で日光浴をなさっていたのは、ご家族のかたでしょうか」

女は、うさんくさそうに眉根を寄せて、梢田たちを順繰りに見回した。

「あんたたち、だれ」

見たところ、まだはたち前後の若い娘で、形のよい瓜実顔《うりざねがお》の持ち主だ。化粧気はないものの、かなりの美人といってよい。サングラスはしていないが、さっき節穴からのぞき見た女と同一人物であることは、間違いなかった。

アッパッパの下に、何も着ていないのではないかと思うと、梢田は頭がくらくらした。

立花が応じる。

「ええと、わたしたちは近所の会社に勤める者でしてね。そちらが五本松、こちらが梢田、わたしが立花といいます。それから、こちらのご老人は初めて会ったばかりで、田中さんとおっしゃいます」

「あ、そう。それで、ご用件は」

そっけなく聞き返され、立花がちょっとたじろぐ。

「ええと、さっきのちょっとしたハプニングについて、ご相談しようと」

みなまで聞かずに、女は口を挟んだ。

「ハプニングって」

「つまりその、わたしたちが表の塀の節穴からのぞき見して、こちらのおうちのかたを驚かした件で、おわびしたいんです。びっくりして、悲鳴を上げられましたよね」

「ああ、あれ。あれは、あたしよ。表札、見たでしょ」

「岡島ミチルさんですか」

「ええ、そう。あたし、一人暮らしなの」

3

梢田威は、そっとため息をついた。

やはりこれが、さっきの女か。

ゆったりしたアッパッパの上からでも、胸のあたりが気になるほど盛り上がっているのが、はっきり分かる。めまいどころか、鼻血が出そうだった。

しかし、こんな都心の一等地の古家に、若い娘が一人暮らしとは、どういうことだ。

立花信之介は、額がほとんど敷居に届かぬばかりに、長身を深ぶかと折り曲げた。

「申し訳ありません。ほんの出来心で、のぞいてしまいまして。男というのは、節穴を見ると反射的にのぞきたくなる、悲しい性《さが》を持ってるんです」

田中角兵衛が得意げに、横合いから口を出す。

「それをおれが見つけて、たしなめてやったわけよ。警察に突き出す気なら、おれが証人になってやるから、そうしなって」

梢田は、岡島ミチルの視線をしっかりとらえ、田中を親指で示した。

「このじいさんが、最初にのぞいたんですよ、お嬢さん。つまり、同罪ってわけです」

田中が、憤然と梢田を睨《にら》みつける。

「順序は関係ねえぞ、この変態野郎め。あんたがいちばん熱心に、のぞいてたんだろうが」

ミチルが、じろりという感じで、梢田を見た。

「それって、ほんと」

梢田は答えあぐね、また田中に顎をしゃくる。

「このじいさんだって、肩がわなわな震えるほど、興奮してましたよ」

それを聞くと、ミチルはにっと笑った。

「あたしの体って、それだけのぞき甲斐《がい》があるってことね。うふ」

急に真顔にもどり、立花に目を移す。

「のぞいたのは、二人だけかしら。あなたはどうなの」

問い詰められて、立花は無邪気な笑みを浮かべながら、頭を掻いた。

「わたしもちょっとだけ、拝見しました」

ミチルが、失望したように肩を落とす。

「あら、ちょっとだけ」

「はあ。残念ながら、梢田さんが早く代われと言って、押しのけるものですから」

田中がいらいらしたように、また横から口を出してくる。

「要するに、こいつらは罪を認めてるんだ。早く警察に電話して、お巡りを呼びなよ」

立花が、手を上げる。

「待ってください。なんとか、穏便にすませていただけませんか、岡島さん」

そう言いながら、すばやく手にした缶コーヒーを、突きつける。

ミチルは、その動きにつられた感じで手を出し、缶を受け取った。

梢田も、すかさず自分の缶コーヒーを、一緒に押しつける。

「これで、勘弁してくれませんか。警察を呼んだら、このじいさんだってただじゃすまない。お年寄りを、つらい目にあわせたくないんでね」

ミチルは、缶コーヒーを両手に一つずつ持ち、梢田と立花と田中を順に見比べた。

「あたしが悲鳴を上げたとき、のぞいていたのはだれでしたっけ」

「こいつだ」

間髪をいれず、田中が梢田を指す。

梢田は唇をへの字に曲げ、黙り込むしかなかった。

ミチルが、人差し指を立てて言う。

「それじゃ、そちらのおじいさんは、許してあげる。もうお年だし、懲役食らうのもかわいそうだから」

のぞきくらいで、だれが懲役など食らうものか。

梢田が憮然《ぶぜん》としていると、ミチルは立花に目を向けた。

「あなたも、許してあげる。ゆっくり、あたしの体を見る暇もなかったらしいしね」

それから、ゆっくりと梢田の顔に、視線を移した。

「でも、あんたはだめ。顔がすけべそうだから」

「そ、そんな」

梢田が抗議しようとすると、田中はしてやったりとばかりに相好《そうごう》を崩し、指を振り立てた。

「そいじゃ、さっそく一一〇番しな。なんなら、おれがひとっ走り小川町の交番へ行って、お巡りを引っ張ってきてもいいぞ」

「その必要はありません」

小百合がきっぱりと言い、ハンドバッグから身分証を取り出して、ぱらりと開いた。

「わたしは、御茶ノ水署生活安全課の五本松小百合、といいます」

梢田は、目の前が暗くなった。とうとう、正体を明かしてしまった。

さすがの田中も、これには度肝を抜かれた様子で、ぽかんと小百合を見る。

「あんたはデカか。それも、女の」

ミチルも、食い入るように小百合を見た。

小百合は、厳粛にうなずいた。

「ええ。この二人は、わたしの下で研修中の、見習い刑事なんです。今日も、管内の状況を把握するため、この近辺を視察中でした。路地裏、建物の開いた窓やドア、割れたガラスの隙間、破れたカバーシート、それに板塀の節穴などを見つけたら、かならず中の様子を確認するように、指導しています。つまりこの二人が、節穴から中をのぞいたのは任務遂行の一環であり、すべて責任はわたしにあります。もし、岡島ミチルさんが訴えを起こすおつもりなら、わたしを相手にしていただきます」

小百合の顔を、穴のあくほど見つめていたミチルは、われに返ったように顎を引いた。

「見習い刑事ですって。こっちの、背の高い人は若いから分かるけど、そっちの中年おやじが見習いって、どういうことよ」

梢田が口を出そうとすると、小百合はそれを手でさえぎった。

「この人は、長い間交番勤務だったんだけど、ようやく私服刑事に昇格する試験に受かって、今その勉強をしている最中なの。そのがんばりに免じて、許してやっていただけないかしら」

しかたなく、梢田は殊勝な顔をこしらえて、頭を下げた。

「すみません。二度とのぞきませんから」

あまりのみじめさに、われながら情けなくなる。

ミチルは頬に指を当て、もっともらしく考え込んだ。

「でも、いい年して、のぞきっていうのもねえ。こらしめた方が、いいんじゃないかしら」

それを聞くと、小百合は身分証をハンドバッグにしまい、唇を引き結んだ。

あらためて、ミチルに言う。

「それなら、わたしからも忠告させていただくわ。道路に面した塀を、節穴をあけたまま放置しておけば、今回のような軽犯罪を誘発する恐れがあります。早急に改善するよう、強く要請します」

田中が、心外だという顔をして、しゃしゃり出る。

「するてえと、のぞかれた方が悪いとでもいうのかい、婦警さん」

「今は婦警という呼び方を、しないことになっています」

小百合はぴしりと言い返し、なおもミチルを見据えて続けた。

「そもそも、この家は三方をビルに囲まれていて、どのビルの窓からも丸見えよね。そんな状況下で、裸で日光浴をすること自体に問題があります。たとえ自分の家といえども、周囲の目を無視して好きなことをする、という考えは通用しません。公共の視線を浴びる可能性を考えて、人の劣情をそそるような行為に及ぶのは、厳に慎むべきだわ。それをあらためない限り、この次は軽犯罪法第一条二十項違反を適用するか、刑法第一七五条を適用して猥褻物《わいせつぶつ》陳列罪に問うか、どちらかにしますよ」

「ワイセツブッチンレツザイ」

ミチルは頬をこわばらせ、おうむ返しに繰り返した。

「ええ。正式には、そういう罪名はないけれど、意味は分かるでしょう。今度から、日光浴をするときは裸を避け、きちんと服を着てするように」

「それじゃ、日光浴にならないじゃない」

ミチルが苦情を言うと、小百合は肩をすくめた。

「せめて水着、それもビキニじゃなくて競泳用の水着か何か、身につけることね」

「そんなこと言われても、新しい水着を買うお金なんか、ないわよ」

するると、田中が甚兵衛の懐に手を入れ、巾着を引き出す。

その中から、しわくちゃの一万円札を一枚抜き取って、ミチルに差し出した。

「そいじゃ、これで新しい水着を買いなよ」

ミチルは、右手の缶コーヒーをぽいと投げ捨て、札を受け取った。

「でも、この程度じゃ水着は買えないわ」

田中が、梢田と立花に目配せする。

「何をぼやぼやしてんだよ。罪のない民間人のおれでさえ、浄財を拠出したんだ。有罪のあんたたちお巡りが、口をぬぐって知らん顔ってことは、あるめえ」

立花が、あわてて財布から一万円札を取り出し、ミチルに渡す。

「これ、どうぞ」

梢田も、しぶしぶそれにならった。

小百合が、口添えする。

「念のため言っておきますけど、それは罰金じゃなくて義援金のようなもの、と考えてね」

ミチルは、にっと笑った。

「ええ、分かってるわ。言ってみれば、町内会協力費ってとこね」

路地を出ると、田中は妙に愛想のいい笑顔を浮かべて、梢田たちに手を上げた。

「そいじゃ、失礼するよ。お勤め、ご苦労さん。町内安全のために、がんばってくれ」

そう言い残すと、靖国通りとは逆の方向へよたよたと、歩き去った。

梢田は、立花と顔を見合わせて、苦笑した。

「まったく、食えないじじいだよなあ」

「でも、よかったじゃないですか、一一〇番されなくて。五本松巡査部長のおかげです。もし、こんなことが斉木係長の耳にはいったら、どうなると思いますか」

「係長は、怒らないよ。のぞきの場所さえ、教えてやればな」

梢田が請け合うと、立花はむずかしい顔をした。

「警務課長や署長も、それですみますかね」

「あの二人は、無理だな。とにかく、内輪で収めることができて、安心した」

小百合は唇を引き締め、二人の間に割ってはいった。

「梢田さん。先輩として、立花さんにいいお手本を示さなければ、だめじゃないですか。のぞきなんて、最低の犯罪ですよ」

「おれはただ、立花がのぞいたあとでのぞいただけだから、立花が悪いんだ」

そこまで言って、梢田は立花がキャリアの警察官だということを、思い出した。

「つまりその、立花というのは、立花君という意味だが」

立花が、口をとがらせる。

「でも、ぼくはのぞかない方がいいですよって、あれだけ言ったじゃないですか」

「そう言われりゃ、よけいのぞきたくなるのが、人情ってもんだ」

「悪いのは、あのじいさんですよ。おかげでこっちも、一万円の出費を強いられたし」

「まったくだ。そもそも、あのじじいが一万円持ってたってことが、怪しいじゃないか。もしかすると、こそ泥かもしれんぞ」

「追いかけて行って、職質かけましょうか」

「二人とも、もうおやめなさい」

小百合はあきれたように言い、靖国通りの方にさっさと歩き出した。

梢田も立花も、急いであとを追う。

靖国通りに出ると、すぐ右手に小川町の交番が目にはいった。

「ちょっと、あそこで巡回連絡票をチェックしよう」

梢田は交番に行き、顔見知りの巡査に巡回連絡票の閲覧を求めた。交番が、地元住民の動静を把握するために、任意提出を求める個人情報シートだ。

岡島ミチルは、連絡票を提出していた。

半年ほど前に記入したもので、当人が言ったとおり一人暮らしらしい。職業欄は、〈自由業〉に丸がついているが、詳しい記述はない。

人の好さそうな、中年の巡査が言う。

「半年前、あの家でやはり一人暮らしをしていた、岡島夢子という女性が亡くなりましてね。そのあとへ、娘のミチルが豊島《としま》区内のマンションから、転入して来たんですよ」

「自由業って、何をして食ってるのかな」

「あの感じだと、今はやりのネールアーティストとか、映画やテレビのスタイリストとか、そんなんじゃないですか」

「ずいぶん詳しく、観察してるじゃないか」

巡査は、照れ臭そうに頭を掻いた。

「すみません。この二週間ほど、何度も電話で呼び出されるものですから、すっかり想像をたくましくしちゃって」

梢田は、巡査の顔を見直した。

「呼び出されるって、なんの用でだ」

「ミチルさんが庭で日光浴をしてると、通行人や近所の連中がのぞき見するんだそうです。それを、取り締まってくれと」

梢田は立花と顔を見合わせ、それから小百合を見た。

小百合も、当惑している。

巡査は、付け加えた。

「最初は一一〇番で、パトカーが直行したんですがね。そのうち数が重なると、本署がめんどうくさがってここへ連絡を入れ、わたしらに行ってこいと言うようになりました。まあ、近いことは近いですから、交替で対処してるんですが」

「それで、家に行くと」

「だいたい、のぞきの犯人はいなくなっていて、事件にならないんです。ときどき、気の弱いやつが逃げられずに、とっつかまってますが」

「岡島ミチルが、とっつかまえるのか」

「わたしが担当したときは、たまたま通りがかったというかいい年のじいさんが、とっつかまえてましたね。相手はまだ小学生だったし、説諭だけで帰しましたが」

梢田は、目をむいた。

「じいさんだと。甚兵衛を着た、角刈りのじいさんか」

「ええ、そうです。ご存じですか」

聞き返されて、一瞬焦る。

「い、いや、知らないな。よし、どうもありがとうよ」

立花と小百合を促し、梢田は交番を出た。

十分離れたところで、二人と向き合う。

「聞いただろう。あのじじいと娘は、ぐるになって通行人を引っかける、詐欺の常習犯だぞ。のぞきを教唆して、小遣い稼ぎをしてやがるんだ」

立花が、首を捻《ひね》る。

「そうかなあ。だいいち、みんながみんなぼくたちみたいに、金を払うとは限らないでしょう。それに、二人につかまるやつはほとんどいないと、あの巡査も言ったじゃないですか」

「しかし、犯罪は犯罪だ」

小百合が、人差し指を振った。

「いいえ、犯罪にはなりません。だって、あの二人はわたしたちをだましたわけでも、脅したわけでもないわ。お金を払ったのは、あくまで自発的なんだから」

そう言われればそうだ。

梢田は指を鳴らし、ののしった。

「くそ。いったい、どうなってるんだ」

4

それから、三週間後。

梢田威は五本松小百合、係長の斉木斉と連れ立って、桜田門《さくらだもん》の本庁へ行った。御茶ノ水署を含む、第一方面本部内の警察署の生活安全課員有志が集まり、警察庁生活安全局の幹部の講話を聞く、というありがたい催しに参加するためだった。

署の方針により、今年は代表として保安二係の梢田と小百合に、白羽の矢が立てられた。ところが、最終段階で参加人数が足りないことが判明し、係長の斉木にも参加せよとの署長命令が、くだったのだ。立花信之介は、キャリアということで免除された。

講話の間、小百合はまじめにメモなど取っていたが、梢田は隣にすわる斉木のいびきがうるさくて眠れず、すっかりくたびれてしまった。

講話会は、午後四時半に終わった。

三人は、地下鉄桜田門駅から有楽町《ゆうらくちょう》線を利用し、永田町《ながたちょう》駅で半蔵門《はんぞうもん》線に乗り換えて、神保町へ回った。

改札口を出たところで、梢田はコンコースの柱にもたれて床にすわる、甚兵衛姿の老人に目を留めた。

小百合が、梢田の肘をとらえる。

「梢田さん。あの人、田中角兵衛じゃないかしら」

梢田は、うなずいた。

「ああ、そのようだな。見なかったことにしよう」

「でも、なんだか具合が悪いみたいですよ」

「ほっとけ。ばちが当たったんだろうよ」

先を歩く斉木が、二人を振り向く。

「おい、何やってるんだ。さっさと来い」

小百合は、梢田を見た。

「先に行ってください。ちょっと、様子を見てきますから」

そう言い残し、田中角兵衛の方に向かう。

梢田は、斉木のあとを追って歩き出したが、やはり気になって振り向いた。

小百合が、田中のそばにしゃがみ込み、話しかけている。田中は顔色が青く、実際具合が悪そうに見えた。

「くそ」

梢田はののしり、コンコースを引き返した。

「おい、どこへ行くんだ」

後ろから、斉木の声が追ってきたが、無視する。

そばに行くと、小百合が顔だけ上げた。

「なんだか、心臓の具合がよくないらしいです」

「どうだかな。おれには、人一倍心臓が強いように見えるがね」

憎まれ口を叩きながら、小百合の隣にしゃがむ。

「どうした、じいさん。こないだの元気は、どこへいったんだ」

田中は、急にしわが増えたような頬をぴくぴくさせて、薄目を開いた。

「おう、あんたか。ホームから階段を上がったら、ちょっと心臓に負担がかかりすぎたらしいのよ。それで、一休みしてるとこさ」

「階段なんかのぼらずに、エスカレーターに乗りゃあいいんだ。ちっとは、年を考えろ」

「おれは、勝手にのぼって行く階段が、大嫌いでなあ。歩く歩道もいやだ」

「歩く歩道じゃなくて、動く歩道だろうが」

「どっちにしても、横や斜めに動くものは、苦手なのよ」

「だったら、エレベーターを使え。あれは、上下に動くだけだ」

田中が顔を歪める。

「そのことだがよ。半蔵門線のこっち側の改札口にゃ、なぜかエレベーターがついてねえ。乗降客や、乗り換え客がいちばん出入りするこっち側に、なぜエレベーターをつけねえんだ。たとえ小さな駅でも、ほかはたいがいついてるのによ。いったいぜんたい、路線が三つも交錯するこのでっかい駅に、なぜエレベーターが完備してねえのかな」

そう言われて、梢田も考え込んだ。

神保町は、地下鉄の駅の中でもかなり乗降客が多いはずだが、なぜいちばん必要と思われる場所に、エレベーターが設置されていないのだろう。ここ数年、どの地下鉄駅も高齢者や社会的弱者のために、われ先にエレベーターを新設している。神保町だけ、後れをとる理由はない。

頭の上で、声がした。

「それには、わけがある」

振り仰ぐと、いつの間にか斉木がそばに来て、上からのぞき込んでいた。

「どんな」

「エレベーターをつけたくても、地上のしかるべき場所に乗降口を造れないから、設置できないのさ。無理やり設置すると、車道のど真ん中に乗降口ができちまう」

「そんな、ばかな」

梢田が言うと、斉木は首を振った。

「駅を建設する段階で、エレベーターの設置を考えてりゃ問題ないが、あとから増設しようとすると、どこかに無理が出る。隣の、小川町もそれさ。おまえたちも、知ってるはずだ。あそこのエレベーターの乗降口は、交差点の近くの歩道ににょっきりと、突っ立ってるだろう」

そう言われて、思い当たった。

小川町のエレベーターは、歩道のほとんどど真ん中にボックスが立ち、そこから改札口におりて行くのだ。建物の中に造りたくても、おそらく適当な空間が見つからなかったのだろう。

田中の、いかにも情けなさそうな顔を見ると、先日のことも勘弁してやりたくなる。

肩に手を置いて、話しかけた。

「そういうわけだから、文明の利器は使用できそうもない。あんた、どこまで行くんだ。近いとこなら、連れてってやってもいいぜ」

田中は、うれしそうに笑った。

「ありがてえ。だったら、すずらん通りの裏手の、幻月楼《げんげつろう》へ連れてってくれ」

梢田は、田中の顔を見直した。

「ゲンゲツロウ。なんだ、そりゃ」

背後で、斉木が言う。

「知らんのか。今日こけら落としをする、押元興業の演芸場のことだ」

「押元興業。今日が、店開きの日か」

知らなかった。

小百合が、小さくうなずく。

「そう言えば、ポスターか何かで見た覚えがあるわ。今日だったんですね」

「ああ、六時開演だ。そろそろ、人があふれ始めるぞ」

斉木に言われて、梢田はあたりを見回した。

まだ五時過ぎだが、ふだんとは違う妙ないでたちの若者が、コンコースをあわただしく右往左往している。

「まあ、いいや。とにかく、連れてってやるよ」

梢田は、しゃがんだまま体を半回転させ、田中に背中を差し出した。

しかし、いっこうにおぶさってくる気配がない。

「おい、どうした」

言いながら首をねじ曲げると、田中は同じような姿勢になった隣の小百合の背中に、ちゃっかりおぶさっていた。

「悪いな。おれは、こっちのねえさんの方がいい」

梢田は、あわてて田中の腕をとらえた。

「待て待て。いくらなんでも、女におぶさるのはみっともないぞ」

「みっともないって年でもねえよ」

田中が言い返すと、小百合もはずみをつけて立ち上がり、梢田に言った。

「だいじょうぶです。たいして、重くありませんから」

「しかしなあ」

言いかける梢田を制して、小百合はＡ７の出口につながる通路を、歩き出した。

中途まで、お義理のように短いエスカレーターがあるが、小百合はそれにも乗らず階段をのぼった。地上に出るまでに、おそらく百段近くあるはずだ。

しかたなく、梢田も斉木と一緒に、あとを追う。

階段をのぼりながら、斉木が聞いてきた。

「あのじじいは、いったい何者だ。どこで、知り合ったんだ」

「三週間ほど前、おれと五本松と立花と質屋回りをしたとき、小川町の方で知り合ったんだ。田中角兵衛って名だ」

　斉木は足を滑らせ、手すりにつかまった。

「田中角兵衛だと」

「知ってるのか」

　その問いに答えず、斉木は先を促した。

「それより、わけを聞かせろ」

「田中は、あのあたりの一戸建ての家に住む、一人暮らしの若い女とぐるになって、悪さをしてるのさ」

「たとえば」

「通りかかったやつに、塀の節穴から庭をのぞき見するように仕向けて、いちゃもんをつけるんだ。あわよくば、のぞき見料を取ろうって魂胆さ。小川町の交番で聞いて、その現場を押さえてやった」

　でまかせを言う。

　階段をのぼりながら、斉木は独り言のようにつぶやいた。

「やはりな」

　その口ぶりに、梢田は斉木の横顔を見た。

「あんたも、心当たりがあるのか」

「ああ。あの界隈《かいわい》じゃ、有名な話だ。あのじじい、だれかが節穴からのぞかないかと、ときどき見張りに来るらしい。のぞくやつがいないときは、自分からのぞいて意味ありげに笑い、ほかのやつらをその気にさせるんだ」

「そうそう、その手口だ。悔しいが、あの田中ってじじいはその女と、できてるに違いないぞ」

斉木が、小ばかにしたように笑う。

「できてやしないよ。あのじじいは、岡島ミチルの実の祖父だからな」

「なんだと」

梢田は、驚きのあまり階段を一つ踏みそこない、あやうく転げ落ちそうになった。

斉木は梢田の肘をつかみ、引き起こした。

「以前は、夢子という田中の娘が、岡島姓の男と所帯を持って、あそこに住んでたんだ。

亭主の方は、十年ほど前に死んだ。二人の間には、ミチルという一人娘がいたが、中学
を卒業したらすぐに家を出て、フーテン暮らしよ。それから、夢子はずっとあそこで一
人暮らしを続けて、半年ほど前に病死した。それで、ミチルがまた舞いもどって来た、
というわけだ」

それで、ようやく分かった。

たとえ、田中がミチルの裸をのぞき見しても、相手は実の孫だから別に罪にはなるまい。しかし、それを見て他人がまねをしたら、ただではすまない。そこに罠《わな》がある。

「しかし実の孫娘なら、なぜ田中のじいさんと、一緒に住まないんだ」

梢田の問いに、斉木はあっさり応じた。

「田中は、だいぶ前にミチルの祖母に当たる女と離婚して、別の女と所帯を持ったんだ。そっちの家族と一緒だから、ミチルとは暮らせないのさ」

なるほど、筋は通っている。

5

ようやく、地上に出た。

五本松小百合は、田中角兵衛を背負ったまま疲れた様子も見せず、すずらん通りにつながる信号に向かう。このくそ暑いのに、よく体力が続くものだ。

あとを追いながら、梢田威は斉木斉に聞いた。

「それにしても、よくそこまで調べたな。うちの地域課長あたりから、調査を頼まれたのか」

「そんなとこだ。小川町の交番から要請があったとかで、おれに調べてくれと言ってきた。会うのは今日が初めてだが、田中のじじいのことは洗いざらい、調べ上げた。北区《きた》に住んでいて、神保町に来る以外は家でぶらぶらするだけの、フーテン暮らしだ。孫娘といい勝負さ」

「あんた、自分の課の仕事もろくにしないくせに、ほかの課の手伝いをするとはなあ」

梢田の皮肉に、斉木は口元を歪めた。

「おれだって、頼りにされたら悪い気はしないからな」

「おれなんか、いつだってあんたを頼りにしてるのに、冷たいじゃないか。今度の巡査部長の試験のときは、忙しい仕事を押しつけないでくれよな」

「いくら勉強しても、おまえには無理だよ。おまえの巡査部長より、五本松が警部補になる方が先だ。しかも、そのころおれはれっきとした、警部さまだ。五万賭《か》けてもいいぞ」

梢田はくさり、口をつぐんだ。

小百合は田中を背負ったまま、すずらん通りの一本南側の道にはいって、駿河台下の方に歩き続ける。

やがて、行く手に人だかりが見え、喧噪《けんそう》が伝わり始めた。

以前通りかかったときは、青いシートでおおわれていた建築現場が、今ではその全容を現していた。まだ明るい夕日に、勘亭流《かんていりゅう》で〈幻月楼〉と書かれた大きな看板が、建物の横に張り出している。敷地一杯に建てられた、江戸の芝居小屋のミニチュアのような、珍奇な建物だ。

それを取り囲むように、入り口付近でがやがやと気勢を上げるのは、おおむね十五歳から二十五歳くらいの、不思議なファッションの若者たちだった。その髪形ときたら、ヤマアラシのように突っ立ったり、コイルの束のように渦を巻いたり、縄のれんのように細く垂れ下がったりで、染め方も金髪を含めて七色の虹も顔負けの、にぎやかさだ。

「なんだ、この連中は」

ぼやきながら、梢田と斉木は先に立って人込みを押しのけ、入り口に小百合を誘導した。

田中が、小百合の背中から上体を起こし、斜め前方を指さす。

「ちょっと、あそこへ行ってくれ」

指の先に、ガラスで囲まれたショーウインドーがあり、中にべたべた貼りつけられた出演者の写真やら、紹介記事の切り抜きやらが見える。

田中は、小百合の背中からもがくように、滑りおりた。若者たちを押しのけて、ショーウインドーの前に立つ。

梢田も体を乗り出して、ウインドーの中をのぞいた。

田中が人差し指で、自慢げにガラスを叩く。

「これが、おれの孫娘だ」

梢田が目を凝らすと、そこに岡島ミチルの大きな顔写真が貼られ、手書きのキャプションがついていた。

〈本日デビュー!!　男ならのぞかずにはいられない
地元出身の歌って踊れる爆弾ビーバップ娘
岡島ミチルが今夜爆発!!〉

小百合が、びっくりした顔で言う。

「この人、田中さんのお孫さんだったの」

田中は、鼻をぴくぴくさせた。

「そうよ。あんたたちが、せっせと家をのぞいてくれたおかげで、前人気は上々よ。ギャラを払って、プロのカメラマンを雇っただけの効果は、十分にあったぜ」

よく見ると、例の家の塀から中をのぞく男たちの姿を、あちこちから隠し撮りしたと思われる写真が、ウインドーいっぱいに貼り巡らしてある。男たちの目を、黒い線で隠してあるところが、いかにも本物らしい手口だ。中には、どこかの雑誌に載った切り抜きも、交じっている。

田中が、自慢げに続けた。

「なんつっても、日本初のタップダンスにフラダンス、ジャズダンスにフラメンコと、踊りならなんでもこいの、しかも歌えるお笑い芸人という触れ込みだからな。せめてこれくらいは、宣伝してやらんとなあ」

急いで写真を探すと、いやな予感が当たった。

梢田が立花を押しのけ、節穴から塀の中をのぞく姿が、ばっちり撮られていた。

「お、おい。これはなんだ。肖像権の侵害だぞ」

梢田が食ってかかると、田中はとぼけた顔で応じた。

「おいおい。まさか、こののぞきの張本人があんただとは、言わんだろうね。かりにも、御茶ノ水警察署の刑事さんが、そんなことするわけないもんなあ」

梢田は、ぐっと詰まった。

「も、もちろんこいつは、おれじゃない。しかし、勝手にこんな写真を使うのは、けしからん。つまり、だれだか知らんが、こいつの立場を代弁すると、だな」

しかし田中は、いっこうにへこたれない。

「苦情を申し立てるやつがいたら、おれはいつでも肖像権とやらの使用料を払うよ」

小百合が、苦笑まじりに言う。

「どうやら、お孫さんのデビューの宣伝材料に、利用されたようね」

「くそ、自由業ってのは、このことか」

梢田はののしった。

田中が、三人を見比べる。

「どうだ。これも何かの縁だから、あんたたちがどうしても見たいというなら、天井桟敷の席を用意してやってもいいぞ」

「お断りだ。ただでも見たくないよ」

梢田が言い捨てると、田中は残念そうに首を振りながら、入り口の人込みに紛れ込んだ。心臓の方は、すっかり治ってしまったらしい。

小百合が、梢田をつつく。

「ちょっと、見てください」

ウインドーのガラスを叩いて、隅の方に貼られた写真の一枚を示す。

それを見て、梢田は口をあけた。

ピンクの半袖のシャツを着た男が、例の塀にへばりつくようにして、中をのぞいている写真だった。後ろ姿で顔は分からないが、そのシャツは襟の部分だけが真っ白なので、よく目立つ。向かいのビルの、屋上あたりから撮影したものらしく、庭で日光浴をするミチルの姿も小さく、写り込んでいる。

「この、ピンクのシャツに、見覚えありませんか」

梢田は、唾をのんだ。

見覚えがあるもないもない。現に、そのシャツを着た斉木がすぐ後ろに、立っているのだ。

梢田は、恐るおそる振り向いた。

斉木が怖い顔で、睨みつけてくる。いつの間にか、腕にかけていた上着をきちんと着込み、ボタンまでかけている。顔中、汗だらけだった。

斉木は言った。

「おまえ、今度の巡査部長の試験に向けて、たっぷり勉強時間がほしいだろう」

梢田は、たじろいだ。

かった。


「そ、そりゃもう、時間があるに越したことはないさ」

「だったら、そのおしゃべり袋みたいな口を、きっちり閉じてることだな」

そう言い捨てると、きびすを返して人の波を乱暴に押しのけ、すずらん通りの方へ向かった。

梢田も小百合も、あわててあとを追う。

「おい、今の写真の件は、忘れようぜ」

ささやきかけると、小百合も低く応じた。

「分かってます。何も見なかったことにしましょう」

斉木は、二人があとから来るのを知ってか知らずか、さっさと駿河台下の交差点を渡った。どうやら、腹ごしらえをする気もなくなったとみえ、署へもどるつもりらしい。

明大通りをのぼり、最初の信号を右へ曲がって、道灌《どうかん》通りにはいる。

その通りは、かつて太田道灌が京都山城《やましろ》から勧請《かんじょう》した、太田姫稲荷《いなり》神社があることから、道灌通りと呼ばれている。まっすぐ行けば、御茶ノ水署のある本郷通りに出る。

十秒と歩かないうちに、向こうの方から背の高い男とずんぐりした男の、二人連れがやって来るのが見えた。

斉木が、立ち止まる。

梢田と小百合も、その後ろで足を止めた。

やって来たのは、副署長の久保芳久警視と、立花信之介だった。久保はすでに、私服に着替えている。

久保が手を上げ、声をかけてくる。

「これは、斉木君。本庁の講話会は、どうだったね」

斉木は、気をつけをした。

「はい、たいへん参考になりました。どちらか、おでかけですか」

久保は、背広の襟に指を添えた。

「今日は立花君に誘われて、ライブを見に行くんだ。なんでも、押元興業の幻月楼とかいう演芸場が、駿河台下にできたらしい。今日がこけら落としだそうだから、わたしも地元の事情を把握するために、一応見ておこうと思ってね」

斉木の肩が、妙な具合に動く。

「ええと、それはまことにけっこうなお考えですが、今日あたりはもうチケットが売り切れで、はいれないと思いますね。一、二か月、間をおかれた方がいいのでは」

「いや、心配はいらん。昨日のうちに立花君が、前売り券を手に入れてくれたんだ」

立花は、そのとおりというようにうなずいたが、斉木の顔を見て笑みを凍らせた。

どうやら、斉木がすごい目で睨んだらしいと察しがつき、梢田は必死に笑いをこらえた。

小百合が、しれっとして言う。

「なんでも、爆弾ビーバップ娘の岡島ミチルというのが、デビューするらしいですね。お楽しみになってください」

「ありがとう。それじゃ」

久保は立花を従えて、明大通りの方に歩き去った。

斉木が、その後ろ姿を睨みつける。

「くそ、あのおぼっちゃまめ。よけいなことをしやがって」

梢田は、小百合を見た。

「立花のやつ、岡島ミチルと聞いても、驚かなかったぞ。正体を知ってるのかな」

小百合は、思慮深い顔をした。

「そうですね。もしかすると、前売り券を手に入れたというのは、ミチル本人からかもしれませんね。あのとき、気に入られたようだったし」

そう言い残して、すたすたと歩き出す。

梢田は斉木と顔を見合わせ、あわててそのあとを追った。

ジャネイロの娘

I

梢田威は、腕組みをした。

「ううむ、風俗的にはいかがなものかと思うが、おれ的にはそそられるな」

「そりゃまずいですよ、先輩。わたしたちは、警察官としてですね、こういうものを放置しちゃいかん、と思うんです」

立花信之介が反論し、五本松小百合もうなずく。

「そうですよ。これはやはり、なんとかしなくちゃ」

黙って、コーヒーを飲んでいた斉木斉が、おもむろに口を開く。

「しかし、法的根拠がない。まあ、このあたりは文教地区だから、警告ぐらいはしてやってもいいが」

「やめとこうぜ。この店は、いわゆる風俗店じゃなくて、飲食店なんだ。おれたちが、口を出すことはない」

梢田はきっぱりと言って、そばを通るウエートレスのむき出しの足に、目を向けた。

四人は、最近駿河台下交差点の近くに新しくできた、セーラーカフェを視察に来ていた。

秋葉原《あきはばら》で有名になった、メイドカフェがそろそろ落ち着いたところへ、急に現れたのがこのセーラーカフェ、〈ジャネイロ〉だった。

もっとも、たいして目新しいものがあるわけではない。単にウエートレスが、女学生用のセーラー服を着ている、というだけの話だ。スタイルはばらばらだが、実在する女学校の制服を借用したのではなく、どれもオリジナルらしい。スカートは、思い切り短い。

マスターらしき男は、アメリカの水兵にそっくりの制服を、着込んでいる。五十がらみの、いわゆるチョイワルおやじ風の、白髪の男だった。ポパイでも意識したのか、火のついていないコーンパイプを、くわえている。

神保町界隈《かいわい》は、周辺の再開発でいろいろな会社が増えたため、昼どきはことに混雑する。そのせいもあり、また物珍しさも手伝ってか、店は大混雑といっていい込み方だ。

サラリーマンのグループ、地元の大学にかよう学生らしい一団、古書を漁《あさ》りに来たマニアとおぼしき連中など、ほとんどが男の客でいっぱいだった。

そうした客たちが、ウエートレスの動きを好奇心丸出しの目で、追いかける。広い店内を、セーラー服姿の若い娘が何人も、しゃきしゃきと行ったり来たりする光景は、確かにちょっとした見ものではある。しかも全員、大昔のハリウッド女優そこのけの、あきれるほど濃いメイクをしている。眺めるだけで、膝の裏側がくすぐったくなるほどだ。

マスター自身も、のべつ店内をちょろちょろと動き回って、ウエートレスにおしぼりの取り替えやコーヒー、水のお代わりを言いつける。よく見ると、ジョン・フォードの『ミスタア・ロバーツ』に出てくる、ジェームズ・キャグニーのような男だ。

梢田がきょろきょろしていると、小百合が身を乗り出して言った。

「でも、こういうお店の女の子にセーラー服を着せて、しかもあんなにどぎついお化粧をさせるなんて、女学校や女学生に対する冒瀆《ぼうとく》じゃないですか」

梢田は、指を立てた。

「そんなに、固く考えることはないだろう。ここは、メイドカフェと違ってビールさえ出さないし、アルコール度ゼロだ。むろん女の子が席に着いて、客の相手をするわけでもない。公序良俗に反する、とまではいえないよ」

公序良俗、などと慣れないことを口にしたので、舌がもつれそうになる。

小百合は、珍しくむっとしたように唇を引き締めたが、何も言い返さなかった。

立花が、女の子たちの様子をうかがいながら、口を開く。

「まさか、あの中に十八歳未満の女の子は、いないでしょうね」

「いたっていいだろう、風俗店じゃないんだから。世の中には、中学を出てすぐに働く子もいるし、高校生や大学生のアルバイトだって、いるかもしれん」

梢田が応じると、斉木がくっくっと笑った。

「どう見たって大年増、という女もいるようだぞ」

そのとき、だぶだぶのセーラー服を着て、ポットを持った小柄なウエートレスが、そばにやって来た。化粧が濃いくせに、髪をお下げにしている。そのアンバランスさが、異様といえば異様だ。

ひょい、と首をかしげて言う。

「コーヒーのお代わり、いかがですか」

この店は、コーヒー一杯六百円と高めだが、お代わり自由なのだ。

梢田は、鼻の下をこすった。

「おう、入れてもらおうか」

ウエートレスは、頬紅と口紅とアイシャドーをしていたが、その下に隠れた肌の色つやからして、はたちを過ぎているようには見えなかった。セーラー服と厚化粧が、場違いな取り合わせになっていて、妙に興奮させられる。

「きみ、名前なんていうの」

ためしに聞くと、ウエートレスはまた首をひょいとかしげた。

「キララで〜す」

そう言って、梢田のカップにポットを傾ける。

前かがみになった拍子に、ルーズに仕立てられたセーラー服の襟元が、目の前にはだけた。

梢田は思わず唾をのみ、ブラジャーからこぼれる胸の谷間を、のぞき込んだ。

「梢田さん」

いきなり小百合に呼びかけられ、飛び上がりそうになる。

「な、なんだ」

「法律的にはともかく、こういうお店は風紀上好ましくない、と思いませんか」

小百合は、梢田の振る舞いを非難するように、目に角を立てていた。

梢田はすわり直し、おしぼりで汗をふいた。

「好ましい、とまでは言えないけど、好ましくないとも言えんだろう。女の子たちが、ただうろうろと歩き回るだけなら、問題ないさ」

キララと名乗った娘は、二人のやりとりにまるで無関心といった体《てい》で、コーヒーを注《つ》いだ。

それを見て、立花が声をかける。

「キララちゃんて、年はいくつ」

「十五でちゅ」

わざと舌足らずな口調で言い、鼻の上にしわを寄せて笑う。

小百合が、真顔で説教する。

「ほんとうに十五歳なら、こんなところで働けないはずよ。学校は、こういうお店でアルバイトをするのを、許さないでしょう」

キララは、困ったような顔をした。

「ええと、お客さん、どういう関係のかたですか」

普通の口調に、もどっている。

「わたしたち、全国喫茶飲食店組合連合会関東支部の者です。こういうお店で、もし女子高生が働いたりしていたら、教育上よくないでしょう。教育委員会から、クレームをつけられるわ。それで、様子を見に来たの」

しれっとして言う小百合に、梢田は苦笑した。

キララは、舌の先で唇をちろりとなめ、弁解した。

「あの、わたし、ほんとうは明央大学の学生で、今年二十歳になりました。でもマスターに、年を聞かれたら十五歳って答えるように、言われてるんです。どうせ、だれも信じないから、それでいいんだって」

「あなたは別として、ほかのウエートレスの中に女子高生や、まさか女子中学生はいないでしょうね」

「いませんよ。みんなわたしと同じ、大学生のアルバイトばっか」

キララは、そう言いながらほかの三つのカップにも、コーヒーを注ぎ足した。

別の客から声がかかり、キララはぺこりと頭を下げた。

「それじゃ、ごゆっくり」

キララがいなくなると、斉木は笑って言った。

「喫茶飲食店組合はよかったな、五本松。まあ、おれたちはだれもその関係者には、見えないだろうが」

「あの、ぼくは大学時代に喫茶店で二年間、ウエーターのアルバイトをしたんですけど。関係者に見えませんかね」

立花がしゃしゃり出ると、斉木はおおげさにうなずいた。

「おお、見えるとも、見えるとも。少なくとも、警察官よりはずっとウエーターらしく見える。さっさと、転職した方がいいぞ」

梢田は、はらはらして口を出した。

「おい、冗談はやめろよ。キャリア試験を通った秀才に、ウエーターはないだろう」

「だったら、文部科学省に行くがいいさ。おぼっちゃまくんには、警察庁より文科省の方が、向いてるだろう」

立花は、背の高い体を窮屈そうに縮めて、苦情を言った。

「その、おぼっちゃまくんというのだけは、やめていただけませんか、係長。ぼくには、立花信之介という、れっきとした名前があるんですから」

「その、ぼくというのをやめてだな、一人前の警察官になった暁には、名前を呼んでやる。それまでは、おぼっちゃまくんだ」

「いつになったら、一人前になれますかね」

立花の問いに、斉木は少し考えた。

「まあ、御茶ノ水署でおれたちの下にいる間は、無理だな」

それを聞いて、立花は目をぱちぱちとさせ、作り笑いをした。

「ははは。係長ってときどき、おもしろいことをおっしゃいますね」

しらけた空気が流れ、梢田はわざとらしく腕時計を見た。

「おっと、もうすぐ二時だ。もどった方がいいぞ」

ぞろぞろと席を立つ。

すかさず、マスターがレジに先回りして、小百合から伝票を受け取った。シャツの胸ポケットに、〈小野寺守《おのでらまもる》〉と書かれた名札がついている。

支払いをすませたあと、小百合はマスターに声をかけた。

「すみません。わたしたち、御茶ノ水署の生活安全課の者ですけれど、あなたはここの経営者ですか」

マスターは、御茶ノ水署と聞いてちょっとたじろいだが、すぐに頭を下げた。

「いえ、店主は松井田《まついだ》と申しますが、本日は出ておりません。わたしは、マスターの小野寺と申します。巡回、ごくろうさまです」

そう言いながら、一人ずつ顔を見る。

「ウエートレスの一人に聞いたのですが、ここで働く女の子たちは実際に大学生の、アルバイトなのですか」

小百合が質問すると、小野寺は待ち構えていたとでもいうように、すばやくカウンターの下に手を入れた。クリップで挟んだ、数枚の紙の束を取り出す。

「大学生に、間違いありません。これをごらんください。女の子たちの、学生証です。別に問題はない、と存じますが」

梢田がのぞき込むと、確かにそれは写真つきの学生証の、コピーの束だった。

文句のつけようがなく、梢田たちは店を出た。

2

署にもどる。

二階に上がると、間の悪いことに副署長の久保芳久警視が、廊下の奥の方からちょび髭《ひげ》をつまみながら、やって来た。

斉木斉が、急に思いついたような素早い足取りで、右手のトイレのドアを押す。

梢田威も、あわててそのあとに続こうとした。

久保副署長が、人差し指を振り立てて、呼びかける。

「おい、きみたち」

梢田は、無情に閉じたトイレのドアを睨《にら》みつけ、しかたなく足を止めた。

五本松小百合も立花信之介も、梢田の背中にぶつかりそうになり、あわてて気をつけをする。

久保は指先で、腕時計を叩《たた》いた。

「何時だと思ってるんだ。とうに、昼飯の時間は終わったぞ」

梢田は、頭を掻《か》いた。

「すみません。実は立花君に、御茶ノ水署の心得をレクチャーしてるうちに、いつの間にか時間がたってしまいまして」

「立花君が配属されて、もう何か月にもなる。御茶ノ水署の心得くらい、とうにレクチャーし終わったはずだ」

立花が、一歩踏み出す。

「おかげさまで、本日ようやく署のしきたりを全部、クリアしました。いろいろと複雑で、覚えるのに時間がかかったものですから」

その助け舟に、梢田はそうだとばかり、うなずいた。

久保が、眉根を寄せる。

「まさか、国家公務員I種試験よりむずかしかった、とは言わないだろうね」

「いや、机の上の勉強と実践とではこうも違うものかと、目からウロコが落ちました」

立花は、大まじめだった。

久保は疑わしそうに、立花を見上げた。

「そもそも、署のしきたりをもっとも守らないのが、保安二係なんだがね」

梢田は、割ってはいった。

「ええと、副署長。それについては、責任者の斉木係長に直接言っていただけると、効果があると思います。そろそろ、トイレから出て来るころですし」

しかし斉木は、いっこうに出て来ない。気配を察して、逃げを打ったに違いない。

黙っていた小百合が、さりげなく話題を変えた。

「実は、副署長。最近、駿河台下の交差点付近に〈ジャネイロ〉という、新しいセーラーカフェがオープンしました」

久保は、口元を引き締めた。

「セーラーカフェ。なんだね、それは」

「ただの喫茶店ですが、ウエートレスが全員女学生まがいの、セーラー服を着ています。そのくせ、すごく濃い化粧をしていて、舌足らずのしゃべり方をするのです」

久保の目に、ちらりと好奇心をそそられたような色が走るのを、梢田は見逃さなかった。

「ほう、セーラー服ね」

小百合が続ける。

「御茶ノ水署の管轄が、もともと文教地区であることを勘案すると、風紀上いささか問題があるのではないか。そのため、とりあえずどんなものか見てみようと、視察してきました。それで、もどりが遅くなったのです」

なるほど、もっともらしくそこへ落とし込んだかと、梢田は感心した。

久保が、眼鏡をずり上げる。

「それで、どうだったのだ。そのウエートレスたちが、いかがわしい行為にでも及んだのかね」

「いえ、今回はありませんでした。でも、これからときどき巡回して、観察する必要があると思います」

梢田は、小百合が本気で言っているのかと疑い、顔を盗み見た。巡回と観察には賛成だが、小百合とは行きたくない。

久保が、しかつめらしく言う。

「要するにそれは、メイドカフェの亜流だろう。あまり、堅苦しく考えなくても、いいんじゃないか」

立花が、それもそうだというように、小百合の後ろでうなずく。さっきは、あれほど否定的意見を吐いたくせに、けっこう調子のいい男だ。

久保は、思い出したように続けた。

「それより、たった今神保町統一町会の高森さん、という人から電話があってね。面識はあるかね」

梢田は、首を捻《ひね》った。役員ならたいがい知っているが、全町会員と面識があるわけではない。

「いや、高森という人は、知りませんね。高山さんなら、知ってますが」

梢田の返事に、久保は口髭をつまんだ。

「そうか。実は、その高森という人から妙な訴えというか、相談ごとを受けたんだ」

「とおっしゃいますと」

梢田が聞き返すと、久保は指先で頰を掻いた。

「二か月ほど前、すずらん通りの南側の裏通りに、新しいマッサージの店ができたらしい。知ってるかね」

「マッサージとか整体の店なら、あの界隈にいくつかありますよ。なんという店ですか」

〈さわやか治療院〉という店だそうだ。話によると、若い女マッサージ師が常に三人か四人、詰めているらしい」

若い女マッサージ師と聞いて、梢田は急に元気が出た。

しかし、そんなことはおくびにも出さず、小百合と立花を見返った。

「おれは知らないが、きみたちはどうだ」

二人とも、首を横に振る。

久保は続けた。

「高森さんの訴えによれば、その店である種のいかがわしい行為が、こっそり行なわれている疑いがある、というんだがね」

小百合が、身を乗り出す。

「いかがわしい、とは」

久保は、あいまいに肩をすくめた。

「高森さんも、具体的には言わなかった。地元の連中が行くかぎり、普通のマッサージしかやらないが、よそ者と分かると別のことをやらないか、と持ちかけるらしい」

「別のこと、とは」

小百合がしつこく聞くと、久保はいやな顔をした。

「わたしに、聞かないでくれ。統一町会の方でも、これといった確証があるわけじゃないが、値段が相場より安いのが怪しい、というんだ」

「安いのなら、いいじゃないですか」

梢田が口を挟むと、久保は指を立てた。

「安いのは表向きで、裏のメニューがあるんじゃないか、というのが高森さんの言い分でね」

立花が、割り込んでくる。

「それって、性感マッサージじゃないんですか」

あまりストレートだったので、一瞬しんとなる。

小百合は、さりげなく言った。

「だとしたら、確かに好ましくないわね」

「でも、性感マッサージは法律上、風俗店じゃないんですよね。本番も抜きもやらない、という建前ですし」

しれっとして言う立花に、小百合は顔を赤くした。

「詳しいのね、立花さんは」

立花は頭を掻き、無邪気に笑った。

「梢田さんからみっちりと、レクチャーを受けましたので」

梢田は、咳払《せきばら》いをした。

「まあ、看板どおりのマッサージだけなら、取り締まりの対象にはならないが、裏で別のことをやってるとしたら、チェックを入れる必要があるな」

小百合が、眉をひそめる。

「それにしても、具体的な証拠もなしに手入れするわけには、いかないでしょう」

「高森さんも、手入れしろとまでは言ってない。とりあえず、噂《うわさ》がほんとうかどうか探りを入れてくれ、と言ってるんだ。統一町会からの直訴ともなれば、ほうっておくわけにもいくまい。そこでだ、梢田君。今夜にでも立花君を連れて、その店を視察しに行ってきてくれ。経費は、署で負担するから」

「自分がですか」

梢田は、うれしさを押し隠しながら、聞き返した。

そのとき、トイレのドアがタイミングよく開き、斉木が出て来た。

「副署長。その仕事は、梢田には荷が重すぎます。わたしが立花君を連れて、視察に行きます」

突然現れた斉木に、久保はたじろいだ。

梢田は、斉木がドアの内側で聞き耳を立てていた、と判断した。怪しいマッサージの視察と聞いて、とるものもとりあえず飛び出して来たに違いない。

梢田は、二人の間に割ってはいった。

「待ってください、係長。副署長は、自分に視察して来い、と指示されたんです。係長の出る幕じゃない、と思いますがね」

そう抗議すると、久保もすぐにうなずいた。

「そのとおりだ。斉木君には、今夜別件でちょっと用がある。この件は、梢田君に任せておきたまえ」

斉木は、出端《ではな》をくじかれたように、きょとんとした。

「別件、とおっしゃいますと」

「松平《まつだいら》警部から、きみに話があるんだよ。三上署長とわたしも、同席するつもりだ。時間をとってくれるだろうね」

斉木の顔が、珍しく引き締まる。

それも道理で、生活安全課長の松平政直《まさなお》ばかりでなく、署長と副署長まで同席するとなれば、ただの話ではあるまい。もしかすると、深刻なお説教かもしれない。

梢田はかたずをのんで、斉木の顔色をうかがった。

斉木は、いかにも憮然《ぶぜん》とした面持ちで、軽く頭を下げた。

「了解しました。待機しています」

そのまま、さっさと生活安全課のフロアに、はいってしまう。

久保は少し考え、小百合に目を向けた。

「すまんが、今夜六時半の見当で、席を取ってもらおうか。淡路町《あわじちょう》の〈萬代《ばんだい》〉に電話して、個室があいてるかどうか、聞いてくれたまえ」

「分かりました」

それを聞いて梢田は、急に腹の虫が目を覚ますのを感じた。

〈萬代〉は、管内でも数少ない高級割烹《かっぽう》の一つで、昼飯どきに一度行ったことがあるだけだ。只飯《ただめし》食いの名人、斉木といえどもさすがにあの店では、勘定を踏み倒していないだろう。

どちらにしても、あんな高級店でお説教を食らうのなら、いつでも大歓迎だ。

梢田が口を開こうとすると、久保は付け加えて言った。

「それと、人数は五人だから、そのつもりで」

「はい」

小百合は返事をしたものの、すぐに聞き返した。

「あの、署長と副署長、松平課長、それに斉木係長の四人では」

「きみも一緒だから、五人でいいんだ」

小百合が、顎を引く。

「五本松も、同席するのですか」

「そうだ。署長の名前を出せば、〈萬代〉もやり繰りしてくれるだろう」

梢田はがまんし切れず、久保の注意を引いた。

「ええと、副署長。保安二係には、自分もいるんですが、ご一緒しなくていいですか」

「きみと立花君は、〈さわやか治療院〉の仕事があるから、来なくていい」

あっさり言われて、少し焦る。

「そちらの方は、あしたに回しますが」

「今日できることを、あしたに回すなかれ、だ。解散」

久保はにべもなく言い、そのままトイレにはいってしまった。

席にもどると、斉木はデスクに足を上げて椅子にふんぞり返り、競馬新聞を読んでいた。

小百合が、〈萬代〉に電話する。

梢田が聞き耳を立てていると、今日の今夜でむずかしそうな雰囲気だったが、結局三上署長の名を出したのが功を奏したらしく、個室を取ることに成功した。

電話が終わるのを待って、斉木が小百合に声をかける。

「今、五人と言っただろう。四人じゃないのか」

「副署長が、五本松にも同席しろとおっしゃるので、五人になりました」

斉木は一瞬ぽかんとしたが、すぐにくすくすと笑い出した。

「すると、梢田とおぼっちゃまくんだけ、蚊帳《かや》の外ってわけか」

そう言って、今度は本格的に笑う。

梢田はくさり、隣の立花を見返った。

「〈萬代〉といっても、料理はぴんからきりまである。どうせ、いちばん安いコースだ。このご時世で、警察も予算がないからな。その程度の料理で、ちくちくお説教を聞かされたんじゃ、割りに合わないよ」

負け惜しみを言ったが、立花は不安そうな顔をした。

「〈萬代〉って、確か高級割烹ですよね。そんなところで、お説教しますかね」

「偉いさんが、三人も雁首《がんくび》そろえるんだぞ。お説教以外に、考えられるか」

「係長はともかく、五本松巡査部長まで一緒にお説教を食らうのは、ありえないんじゃないでしょうか」

斉木が、いやな顔をする。

「係長はともかく、とはどういう意味だ」

立花は、頭を掻いた。

「いや、気にしないでください。言葉のはずみですから」

「そういう軽はずみな態度は、キャリアにふさわしくない。そんなことじゃ、なかなか一人前になれんぞ」

梢田は、いばりくさって説教を垂れる斉木に、笑いを嚙《か》み殺した。

小百合が、口を開く。

「係長は、〈萬代〉に行かれたことがあるんですか」

「昔はよく行ったが、最近はご無沙汰《ぶさた》だ。あの手の料理は、食いあきたからな」

「何年か前、一緒に安いランチを食いに行ったとき、こんなうまいものは食ったことがない、と感激してたのはだれだっけな」

梢田が茶化すと、斉木はこめかみをぴくぴくさせた。

「おれが、知り合いからもらったお食事券で、おまえを連れて行ってやったのを、忘れたか。その恩も忘れて、今の言い草はなんだ」

「知り合いからもらった、だって。おれは、あんたが警備会社の社長から強引に巻き上げた、と記憶してるがね」

梢田が言い返し、斉木が詰め寄ろうとしたとき、立花が割ってはいった。

「まあまあ、古い話はいいじゃないですか。係長と巡査部長は、お偉いさんたちと肩の凝るお食事会。ぼくと巡査長は、怪しいマッサージ。どっちがよかったか、あしたの朝報告しあおうじゃありませんか」

3

午後六時四十五分。

すでに二十分ほど前、斉木斉と五本松小百合は三人の上司と、署を出ていた。

梢田威は立花信之介を連れて、〈さわやか治療院〉へ向かった。明るいうちに、電話番号を調べて場所を確認し、七時に二人分の予約を取ってあった。時間は二十分、四十分、六十分の三コースだが、どっちみち営業は八時までだというので、六十分コースにした。

歩きながら、立花が言う。

「それにしても、気になりますね。署長と副署長、それに課長の三人が、たった二人の署員を相手にそろい踏みなんて、めったにないんでしょう」

「だから、お説教だと言ってるだろう」

「係長と巡査部長だけ、というのはおかしいですよ。お説教食らうなら、梢田さんとぼくも一緒でなきゃ。同じ保安二係なんですから」

「そんなに、〈萬代〉の料理が食いたいか」

「いや、そういうことじゃなくて、ですね」

「あの二人は、まがりなりにも長がつくご身分だ。代表して、お説教を食らう義務がある。その点、おれたちは違うからな」

「でも梢田さんは、巡査長でしょう」

「巡査長ってのは、正式の役職名じゃない。運悪く巡査部長になりそこなった、古手の警察官を慰撫《いぶ》するための、便宜上の呼称だ。キャリアのくせに、そんなことも知らんのか」

立花は、梢田の見幕に驚いたように、首を縮めた。

「いや、それくらい知ってはいますけどね。ぼくの解釈では、もうすぐきみは巡査部長だよという、励ましの肩書だと思うんですが」

「そんなものは、屁《へ》のつっかい棒にもならん。うっとうしいだけだ」

「昇進試験を、受ければいいじゃないですか」

「おれだって、何回か受けたさ。ところが、昇進試験の時期が近づくたびに、係長は何かとおれに雑用や残業を言いつけて、勉強のじゃまをしやがる。それさえなけりゃ、とっくに巡査部長さまだ。いや、へたをすると今ごろは係長と同じ、警部補になってた可能性もある」

実際、そうなっていたかもしれないと思うと、自然に鼻息が荒くなった。

少し間があく。

「確か梢田さんは、係長と小学校の同級生でしたよね」

梢田は、顔をしかめた。

「よしてくれ。思い出したくもない」

まったく、小学校のころ秀才だった斉木をいじめたツケが、あとになってしっかり回ってこようとは、つゆほども予想しなかった。

駿河台下の交差点から、すずらん通りにはいる。人の姿はまだあるが、会社の終業時間が過ぎて午後七時前後になると、昼の喧噪《けんそう》が嘘《うそ》のように引いてしまう。

立花が言う。

「どう攻めますかね。いかがわしいといったって、なんの証拠もないんでしょう」

「今のところはな。とにかく、よそ者みたいな顔をして、マッサージ師に探りを入れるしか、方法がないだろう」

「誘ってきたら、逮捕しますか」

梢田はあきれて、立花を見上げた。この男が、ほんとうにキャリア試験を通ったのか、疑わしくなる。

「単純売春を挙げても、点数にはならないよ。説諭でおしまいだ。バックに、組織があるかどうかを、突きとめないとな」

「つまり、店ぐるみでやってる証拠を見つける、ということですか」

「そうだ。経営者のことを、それとなく聞き出すんだ。今日のところは、そんなに焦る必要はない。感触だけ、確かめればいい。ま、ゆっくりマッサージしてもらって、日ごろの疲れを癒そうじゃないか。どうせ経費は、署が持ってくれるんだ」

道を一本裏に抜け、白山通りの方へ歩いて行くと、左側の建物に〈さわやか治療院〉と書かれた、ネオン看板が見つかった。色がピンクなのが、場違いな感じを与える。角砂糖を縦に積み重ねたような、やけに細長い小さなビルだ。

梢田は、首を捻った。

「こんなところに、こんなビルがあったかな。気がつかなかったぞ」

「とにかく、はいってみましょうよ」

磨《す》りガラスのドアにも、〈さわやか治療院〉と書いてある。中にはいると、踏み込みの奥に幅七十センチほどの、やけに狭くて急な階段が延びている。

すぐ右手に、〈受付〉と表示の出た木のドアがあり、梢田はそれを引きあけた。

いきなり小さなカウンターが見え、そこに鼻が上を向いた丸顔の女が、ちょこんとすわっていた。年のころは三十前後で、お世辞にも美人とはいえない。白い上っ張りの胸に、田代伊津子《たしろいつこ》と書かれた札が見える。右側にカーテンが下がり、そこがマッサージ台になっているようだ。

「ええと、七時に予約した梢田と、立花ですが」

女は、惜しみなく乱杭歯《らんぐいば》を見せて愛想笑いをし、カーテンを指で示した。

「では、お先の方、どうぞ」

梢田は、手を伸ばしてカーテンを開き、中をのぞいた。

狭い空間に、マッサージ台が一つ据えられ、その上にパジャマのはいった籠《かご》が、置いてある。部屋の隅には、スタンド式の洋服掛け。

うんざりしながら聞く。

「一人分しかないな。あと一人は、終わるまで待つのかね」

「いいえ。同じマッサージ室が、四階まで一部屋ずつ続いています。お一人は、四階でお願いします。そこで倉持《くらもち》という者が、待機していますから」

「すると、個室が四つ積み重なってる、ということか」

「はい。一階の方は、どちらのお客さまですか」

梢田は、あわてて立花の肘をつかみ、押し出した。

「きみが先だ。おれは、四階に行く」

立花は、ちょっと不満そうな顔をしたが、しぶしぶカーテンの中にはいった。

「終わったら、おりて来るからな」

梢田はそう言い残して、ドアの外に出た。

四階の倉持という女が、一階の田代伊津子よりいくらかでも、美人であってほしい。

そんな、空《むな》しくも淡い期待を抱きながら、階段をのぼる。あまり狭いので、ほとんど体を斜めにしなければ、のぼれなかった。

運動不足のせいで、すぐに足が疲れてくる。

「くそ。エレベーターくらい、つけておきゃあいいのに」

ワンフロアの面積が、広めのエレベーター程度の小さなビルだから、どだいつけられるわけがない。

どの階にも一階と同じような、味もそっけもないドアが待ち構えている。

四階まで上がると、すっかり息切れがした。深呼吸をして、ドアをあける。

カウンターの後ろで、ペットボトルをラッパ飲みしていた女が、梢田を見たとたんあわてて立ち上がり、口から水を噴きこぼした。
二、三度咳《せ》き込んで、喉を詰まらせながら言う。
「すみません、びっくりしちゃって」

「すまん、すまん。ノックすりゃよかった」

「いいんです。いらっしゃいませ」

口元を手の甲でぬぐい、ぺこりと頭を下げる。胸の名札に、倉持佐登子《さとこ》と書いてある。

梢田は、ほっと息をついた。器量は十人並みだが、一階の女に比べると年も若いし、肌の色つやもいい。化粧気がなく、童顔の上に体つきが小作りなので、いっそう若く見える。

「梢田だけど、七時の予約で四階に行くように、下で言われてね」

「はい。担当の倉持です。よろしくお願いします」

倉持佐登子は、ペットボトルをカウンターの下にしまい、もう一度頭を下げた。

梢田は、狭い踏み込みのゴムマットに乗って、ドアを後ろ手にしめた。

「お靴を脱いで、上がっていただけますか」

佐登子はてきぱきと指示し、梢田は言われたとおりにした。

「それでは、着替えをお願いします」

佐登子が、ざざっとカーテンを開く。マッサージ台があり、その上にパジャマのはいった籠、隅の方に洋服掛け。一階と、まったく同じ造りだ。

梢田はカーテンを閉じ、パジャマに着替えた。

「それじゃ、よろしく」

少し緊張して言うと、佐登子はカーテンを開いて中にはいり、マッサージ台を示した。

「そこに、うつぶせになっていただけますか」

台の、顔の当たる部分に穴があいており、梢田はそこにうつぶせになった。穴の中に顔を伏せると、絨毯《じゅうたん》の敷かれた床が見える。

「きみ、小柄だけど、だいじょうぶかな。おれはけっこう、筋肉がついてるんでね」

ためしにしゃべってみたが、声がそのまま穴から下へ抜けるので、自分のものではないように聞こえた。

「だいじょうぶです。わたし、男の人と指相撲をしても、めったに負けないんです」

「そりゃすごい。おれは、足相撲専門だけどな」

佐登子は声を出して笑い、梢田の尻のあたりを軽くぽん、と叩いた。

「それじゃ、始めさせていただきます」

台によじのぼってきたらしく、体がぐらぐら揺れる。

肩に手が触れ、佐登子は仕事を始めた。

最初は、たいして力を入れずにさするだけだったが、しだいに指先に力がこもり始める。なるほど、自分で豪語するだけに指先の力はかなり強く、梢田は少なからず驚いた。

佐登子が聞く。

「お客さん、このあたりにお勤めですか」

「いや、五反田《ごたんだ》の方だ。今日は帰りにちょっと、古本屋を冷やかしに来ただけさ」

やがて、佐登子が背中にまたがる気配がして、肩に体重がかかる。

「お客さん、いい筋肉してますね。厚みがあるわりに、柔らかいし。わたしが言うのもおかしいですけど、あまりマッサージする必要がないみたい」

「いや、これでけっこう首筋が張るんだ。肩凝りからきてる、と思うんだけど」

「そんなに、凝ってませんよ」

「凝ってなくてもいいから、しっかり揉《も》んでくれ」

胴に当たる、佐登子の太ももの感触を楽しみながら、梢田は言った。小作りな女だが、しっかり肉が詰まった、いい体をしている。

「お客さん、どんなお仕事なさってるんですか。すごく、筋肉がついてますけど。もしかして、スポーツマンとか」

「別にプロじゃないが、スポーツは好きだ。柔道は、今でもときどきやる」

御茶ノ水署には、狭いながらも道場があるのだ。

「お客さんのお仕事って、なんでしょうね」

それを聞いて、きっかけをつかめそうな気がした。

「ためしに、当ててみなよ。当たったら、晩飯をごちそうしてもいいぞ」

「ほんとですか」

佐登子が、ためらいもなくはずんだ声を出したので、つい調子に乗って言い返す。

「そのかわりはずれたら、なんでも言うことを聞いてもらうからな」

「いいですよ、なんでも聞きます」

あまりあっさり応じたので、梢田はちょっと居心地が悪くなった。

それとも、こういう雑談をきっかけに客を誘うのかと、あらぬ想像を巡らす。いかがわしいマッサージ、という言葉が頭に浮かんだ。

しかし、佐登子は別に誘いをかける気配も見せず、梢田の背骨をすごい力で押しながら、ええと、ええと、と繰り返す。

「ええと、そうですね。キャバレーとかの、用心棒でしょう」


残念でした。

そう言おうとして、梢田威は言葉をのみ込んだ。この際わざと負けて、取り入った方がよさそうだ。

4

一呼吸おいて答える。

「大当たり」

「ほんとですか。やった、やった」

倉持佐登子は、揉みながら騒ぎ立てた。

そのたびに、異常に力の強い親指が背骨に食い込み、声を上げそうになる。

それをがまんして、梢田は言った。

「用心棒は言いすぎだが、キャバレーの支配人さ。どうして分かったのかな」

「なんていうか、動物的勘ですね」

「そうか。それじゃ、約束どおりなんでも好きなものを、ごちそうするよ」

「なんでも、ですか」

「ああ、なんでもだ。ラーメンか、それともザルソバか」

冗談を言うと、一瞬揉む手が止まった。

梢田は、あわてて続けた。

「嘘だ、嘘だよ。ウナギでもステーキでも、寿司《すし》でもしゃぶしゃぶでも、食べたいものを言ってくれ。どうせ今日の仕事は、おれが最後なんだろう」

「ええ」

半分やけくそだが、悪い気分ではなかった。

副署長が、そこまで必要経費として認めるとは思えないが、この際自腹を切ってもいい。たまたま大金を持っているし、ときには息抜きも必要だ。それに、この〈さわやか治療院〉がどんな店かも、探ることができる。

「それじゃ、終わるまでに考えます。はい、今度は上を向いてください」

佐登子に言われて、梢田は仰向けに体を回した。

佐登子は、梢田の頭の下に枕をあてがい、目のところにタオルをかぶせた。

頭を揉んだり、首筋を引き伸ばしたり、腕をねじったりする。

やがて下半身に移り、佐登子は膝や足首をあちこちに曲げたり、伸ばしたりした。そのうち、曲げた梢田の両膝に上体を乗せ、体ごと押さえつけてきた。

タオルのせいで見えないが、向こう脛《むこうずね》に当たる丸くて柔らかいものは、佐登子の乳房に違いない、と思う。そのとたん、梢田は股間のいたずら小僧が急に目を覚まし、もぞもぞ動き出すのを意識した。

ちょっとうろたえる。

それも知らぬげに、佐登子は梢田の脚をもとどおりに伸ばして、今度は太ももを揉み始めた。

梢田は、パジャマの股間が持ち上がりはしないかと、はらはらしながら両手を握り締め、力を込めた。しかし、一度目を覚ましたものはそう簡単に寝つかず、しだいに育ってくる。抑えようとすればするほど、それはますます勢いを増した。

鼠蹊部《そけいぶ》を揉んでいた、佐登子の肘が偶然のように一物にぶつかり、梢田はぎくりとした。

佐登子が、頓狂な声を出す。

「あらあら、お客さんったら。こんなにしちゃって、悪い子ね」

そう言って、梢田の内ももをきゅっとつねった。

「いたたた。おいおい、勘弁してくれよ」

「だって、お客さんがいけないのよ」

「いけないいったって、変なところを揉むからだ」

「変なところなんか、揉んでませんよ。ここは、性感マッサージじゃないんですから」

佐登子の指が、膝のあたりまで下がった。

急速にしぼむのを感じる。

「それじゃ、性感マッサージって、どこをどう揉むんだ」

「知りません。マッサージ学院では、そういうこと教えませんし」

なかなか、ガードが固い。

あれよあれよ、と言う間に一時間が経過して、マッサージが終わった。

服を着ながら、梢田はカーテン越しに聞いた。

「何を食べるか、決まったか」

「ええと、それじゃカラオケボックスに、連れて行ってもらえませんか」

「カラオケボックス」

面食らう。

「ええ。そこで、お寿司か何か、出前してもらうんです」

「どこのカラオケボックスに行くんだ」

「白山通りを、水道橋の方へ五分ほど行った左側に、〈ビギン〉というカラオケボックスがあります。着替えをして行きますから、三十分後にそのお店の前で、待ち合わせませんか」

「分かった。勘定をしてくれ」

マッサージ料金は、六千円だった。ごく普通の値段だ。領収書をもらった。

一階までおりると、ちょうど横手のドアが開き、立花が出て来た。

「終わったか」

「ええ」

立花は、あまりぞっとしない顔をして、ネクタイを締め上げた。

外に出る。

「その辺で、軽くやりますか」

立花に誘われ、梢田は腕時計を見た。

「ええと、いや、今夜は、もう帰るよ。ちょっと疲れた」

立花はとまどった顔で、梢田の方にかがみ込んだ。

「どうでしたか。いかがわしい行為がありましたか」

「いや、別にない。そっちはどうだ」

「同じです。まあ、あのご面相じゃ、その気にもなりませんがね。ためしに、ちょっと手を握ってみたんですが、邪険に払いのけられました。いかがわしい雰囲気とは、まったく無縁の店ですね。町会の人の妄想ですよ、きっと」

「それが分かっただけでも、収穫があったわけだ。あしたの朝、副署長に報告しよう。おれは、神保町から地下鉄で、新宿《しんじゅく》へ出る。それじゃな」

梢田は、いくらか後ろめたい気持ちを押し隠して、立花に背を向けた。

立花が、あとをついて来る。

「それじゃ、駅までご一緒しましょう」

立花は、東京メトロ千代田《ちよだ》線の、綾瀬《あやせ》に住んでいる。小川町へ一駅くだって、新御茶ノ水駅から乗り継ぐつもりらしい。くだりの改札口は、靖国通りの向こう側の入り口だから、なんとかごまかせるだろう。

梢田は、手前の新宿方面行きの入り口で、立花に手を振った。

「じゃあな」

「はい、またあした」

立花が、交差点の方に歩き去るのを、自販機の陰から見送る。

腕時計を眺めつつ、その場で三分ほど時間をつぶしてから、歩き出した。信号を渡り、水道橋方面へ向かう。

〈ビギン〉は、チェーンのカラオケボックスの一つで、白山通り沿いのこの店は二年ほど前に、オープンした。梢田は、カラオケの趣味がまったくないので、はいったことがない。以前、カラオケ好きの斉木に、無理やり秋葉原の店に連れ込まれたときは、マイクをぶちこわして弁償させられた。

三十分もたたないうちに、佐登子が歩道を小走りにやって来た。ジーンズをはき、レンガ色のカッターシャツの裾を、だらりと外に垂らしている。

「お待たせ」

佐登子は梢田の腕をつかまえ、自動ドアから店の中へ引っ張り込んだ。

カウンターで一時間分予約し、とりあえず生ビールを二つ頼んで、二階の一番奥のボックスにはいる。

テレビと二人掛けのソファ、それに小さなテーブルが置いてあるだけの、暗くて狭い部屋だ。ソファに並んですわると、いかにも若い女と二人きりという実感がわき、久しぶりに気分が高揚した。

いや、と考え直す。これも、仕事のうちだ。

ドアには、外からのぞけるガラス窓がついているから、ここでいかがわしいまねはできない。もし、佐登子が誘いをかけてくるつもりなら、どこか別に場所を用意しているだろう。

生ビールが来た。

ついでに寿司を頼み、乾杯する。

「どんな歌が好きなんですか」

屈託のない口調で聞かれ、梢田は答えあぐねた。

「そうだな。まあ、〈加藤隼《はやぶさ》戦闘隊〉とか〈空の神兵《しんぺい》〉とか、そんなとこかな」

佐登子が、きょとんとする。

「なんですか、それ」

「軍歌だよ、軍歌」

「グンカ。それって、もしかして、戦争の歌ですか」

「もしかしないでも、戦争の歌だ」

「ふうん、戦争行ったんだ」

梢田は、ビールを噴き出しそうになった。

「行ってるわけないだろう。おれが、八十歳のじじいに見えるか」

「そうですよね。さてと、歌おうかしら」

佐登子はけろりとして、歌のリストを取り上げた。

しばらく、ぱらぱらとめくっていたが、すぐに声を上げる。

「あら、〈加藤隼戦闘隊〉があったわ」

あるに決まっている。

年配のカラオケファンのために、目一杯古い戦前の歌謡曲や軍歌、アメリカン・オールディーズなど、あらゆるものが登録されているのだ。

「なんでもいいから、まずきみから歌ってみろ」

「はい。それじゃ、アデル・キトウの〈ドント・バット・ミー〉から」

「おう、いいね。やってくれ」

どうせ、知らない歌手の、知らない歌だ。

前奏が始まると、佐登子はマイクを持って立ち上がった。梢田を流し目に見下ろしながら、体をゆっくりと揺らす。化粧気のない顔に、テレビ画面に映る海の景色の色が反射して、どこか妖艶《ようえん》な雰囲気が漂った。

佐登子は、画面の歌詞に目もくれなかった。カッターシャツの裾をまくり上げ、気分を出して歌い始める。英語の歌なので、どういう歌詞なのかまるっきり分からないが、妙にそそられる歌だ。梢田は唾をのみ、佐登子の引き締まった腹に刻まれた、形のいいへそに見とれた。

佐登子は、歌いながらそばにすり寄って来て、マイクを持った腕の輪の中に、梢田の首を入れた。唇と唇の間に、マイクが突き立つ。

身を引こうとしたが、腕がからまっているので離れられず、かえって引き寄せるかたちになった。押しもどそうとすると、今度は逆に佐登子に引き寄せられる格好になり、ソファの上に折り重なった。

「お待ちどおさま」

いきなりドアが開いて、ボーイが伴奏に負けぬ声を張り上げた。

とたんに、佐登子は梢田を突きのけるようにして、身を引いた。

「やめてくださいよ、変なことするの」

梢田は、あわてて手を振った。

「おいおい、おれは何もしてないぞ」

しかし、ボーイはいっさい関心がないという様子で、寿司桶《おけ》をテーブルの上に置いた。

「どうぞ、ごゆっくり」

にっと笑って、出て行く。

梢田は、苦情を言った。

「おい、ひどいじゃないか。何もしてないのに」

佐登子は、神妙な顔をしてぺこり、と頭を下げた。

「ごめんなさい。つい、気分を出しちゃって。でも、ああでも言わないと、恥ずかしいし」

それから、またいきなり歌の続きを、歌い始める。

梢田は苦笑して、寿司桶のラップをはがした。

歌い終わると、佐登子はまた並んでソファにすわり、一緒に寿司を食べ始めた。

梢田は、好きなものから先に食べる主義なので、まずウニを口にほうり込んだ。

それを見て、佐登子が言う。

「わたし、ウニがだめなの。食べますか」

「大好物だ。いいのか」

佐登子はうなずき、自分のウニを箸でつまみ上げると、梢田の口元へ運んだ。

「はい、あーん」

梢田は、照れながら口をあけた。こんな風に、ものを食べさせてもらったのは、何年ぶりだろうか。

食べ終わったあと、また佐登子が歌い始める。知らない歌ばかりだが、歌がうまいことは確かだった。声にも、つやがある。

その間、梢田も佐登子にせっつかれて、〈愛国行進曲〉を一曲だけ披露した。

五十分たったとき、梢田は壁の時計を指した。

「どうする。延長してもいいぞ。腹が減ったら、またラーメンでも頼めばいい」

佐登子は、急にまじめな顔になって、マイクを置いた。

ハンドバッグを開き、小さくて平たいプラスチックのケースを、取り出す。五センチ四方で、厚さは五ミリくらいだ。

佐登子は、くぼみに爪をかけて、ケースの蓋を開いた。

「その前に、これ、なめてみませんか。馬力が出て、がんがん歌う気になりますよ」

5

梢田威は、ケースの中をのぞいた。

白っぽい、セロファンのようなものが何枚か、層になっているのが見える。

急に腋《わき》の下《した》が、ひやりとした。

「これを、どうするって」

「舌の裏側に入れて、なめるんです。五分もすると、元気が出てきますよ」

「ロイヤルゼリーか何かか」

「まあ、そのようなものかしら。リヴァポリスっていう薬なの。最初の一枚だけ、プレゼントします」

「効くのか」

「ええ、ばっちり。キャバレーのお仕事って、たいへんなんでしょう」

「そりゃ、まあな。夜も遅いし」

「もし気に入ったら、ケースごと買ってくれてもいいわ。全部で十枚はいってますから」

「いくらだ」

「二万円、といいたいところだけど、ごちそうになることだし、一万五千円でいいわ。でも、この次からはちゃんと二万円、いただきます。もし、この次があるなら、だけど」

意味ありげに笑う。

「きみは、このリヴァポリスとやらの、セールスマンか」

「ていうか、友だちが外国からたくさん仕入れすぎて、さばくのを手伝ってるの。ほら、よくあるでしょ、バイアグラとかの並行輸入が」

梢田は、胃のあたりがきゅっとなるのを感じて、そっと息を吐いた。

混乱する頭を、なんとか整理する。これは、シートと呼ばれる、覚醒剤の一つだ。

覚醒剤にもいろいろな形状、タイプがあるが、シートは持ち運びに便利な上に効き目が速く、万一のときは処分もしやすいことから、ここ数年人気が上昇している。所持も売買も、むろん覚醒剤取締法違反にあたり、つかまったらお縄を覚悟しなければならない。

まさに、ひょうたんから駒という事態になったが、ここで焦っては事をし損じる。こんな無邪気そうな娘が、マッサージ師のかたわらシートの売人をしているとは、まったく世も末だ。これなら、まだ〈さわやか治療院〉でいかがわしい行為をする方が、ましというものではないか。

梢田は、さりげなく言った。

「よし、買った。しかし、一ケースだけじゃ、中途半端だ。店のボーイに、元気の足りないやつが、何人もいる。女の子たちにも、試してみたい。思い切って、五ケース買おうじゃないか」

佐登子が、目を丸くする。

「五ケースも。そんなに、持ってませんよ」

「だったら友だちに電話して、今すぐ持って来てもらえよ。金ならある」

梢田は財布を取り出し、一万円札の束をびらびらさせた。たまたま、顔なじみのノミ屋を通じて買った馬券が当たり、昨日の夜大金がはいったのだ。むろん、斉木斉には内緒だった。あの男に知られたら、たかりまくられるのがおちだ。

佐登子は、札束と梢田を交互に見ていたが、あまり自信なさそうに言った。

「今すぐ、と言われてもねえ。一応、電話してみるけど」

「ああ、そうしてくれ」

その友だちとやらも、どうせ使い走りみたいなものだろうが、佐登子よりはランクが上に違いない。そいつを締め上げれば、元売りに近づけるかもしれない。

佐登子は、プラスチックケースをハンドバッグにしまい、かわりに携帯電話を取り出した。ドアをあけ、廊下へ出て行く。

梢田が、ガラスののぞき窓から様子をうかがうと、佐登子は廊下の隅で携帯電話を耳に当て、だれかと話を始めた。

ソファにすわり直し、ぬるくなったビールを飲みながら、佐登子を待つ。

佐登子は、けっこう長く話してから、もどって来た。

「十五分したら、神保町交差点のレンガの広場に、持って来てくれるって」

「十五分なら、すぐじゃないか。話は長かったがな」

「たまたま友だちが、この近くにいたんです」

「男か、女か」

「ええと、女の友だち」

「なんていう子」

「イツコっていうんだけど」

どこかで聞いた名だ、と思う。

とたんに、〈田代伊津子〉という字が、頭に浮かんだ。〈さわやか治療院〉の一階にいた、乱杭歯の女の名札に、確かそう書いてあった。

どうやら、あの店そのものが覚醒剤売買の拠点に、なっているらしい。立花は、話を持ちかけられなかったようだが、その気配くらいはあったかもしれない。明日にでももう一度、確認してみる必要がある。

梢田は、立ち上がった。

「それじゃ、延長しないで、すぐに出よう」

一階のカウンターで勘定をすませ、店を出て神保町の交差点へ向かう。午後九時を過ぎると、このあたりは看板を下ろす店が多く、人通りも少なくなる。

一分ほど歩き、まだ開いているビデオショップの前に差しかかったとき、反対側からやって来た初老の男が、突然足を止めて声を上げた。

「佐登子、佐登子じゃないか」

佐登子は、驚いたように足元を乱し、その場に立ちすくんだ。

男がそばにやって来る。

「佐登子。今まで、いったいどこにいたんだ」

それを聞くと、佐登子はわれに返ったように身をひるがえし、逃げようとした。

男は、すばやく佐登子の腕をつかんで、ぐいと引きもどした。

「逃げるんじゃない。ここで出会ったのも、母さんのお引き合わせだ。一緒に帰ろう」

「いやよ、いやや。帰りたくない」

佐登子はあらがったが、男はつかんだ腕を放さない。

「何を言ってるんだ。さあ、一緒に来い」

梢田はあっけにとられて、男の顔を見つめた。

見覚えのある顔だ、と思ったがそれもそのはずだ。

その男は、昼間セーラーカフェ〈ジャネイロ〉で会った、マスターの小野寺守だった。白いポロシャツと、茶色のジャケットに着替えている。

梢田は、小野寺の腕を押さえた。

「ちょっと、待ってくれ。この子は、あんたの娘さんか」

声をかけると、小野寺は初めて気がついたというように、梢田の顔を見直した。すぐには思い出せないらしく、きょとんとしている。

しかたなく、梢田は説明した。

「ええと、昼間お店の方で、ちょっと会った者だけど」

小野寺が、眉を開く。

「ああ、御茶ノ水署の刑事さんですね。これは確かに、うちの娘ですよ。この子が、どうかしたんですか」

「いや、その、なんと言ったらいいか」

どう説明したものかと、頭の中で知恵を巡らす。

小野寺の目に、急に疑いの色が浮かんだ。

佐登子をこづきまわし、きつい口調で聞く。

「おい、佐登子。この人と、どこに行ってたんだ」

佐登子は、ふてくされたようにそっぽを向き、投げやりに答えた。

「そこのカラオケよ。どうしても付き合えって、うるさいから」

梢田はあわてた。

「おいおい、それは話が違うぞ。マッサージで、職業を当てたら何かごちそうする、と」

そう言いかけるのを、佐登子が容赦なくさえぎる。

「今、おやじがあんたのこと、刑事だって言ったわね。キャバレーの支配人だとか嘘ついて、あたしを誘惑したくせに、とぼけんじゃないよ」

すっかり、蓮《はす》っ葉《ぱ》な口調になってしまった。

小野寺が割り込む。

「マッサージだって。また、あのエロマッサージをやって、金を稼いでるのか」

「だって、このおやじがやってくれやってくれって、うるさいんだもの」

梢田は、頭に血がのぼった。

「おい、いいかげんにしろ。そんなこと、言ったおぼえはないぞ」

来かかった通行人が、恐ろしそうに足を速めて、通り過ぎる。

「あそこを突っ張らして、わざとあたしの肘にぶつけたのは、どこのだれなのさ」

そう指摘されて、ぐっと詰まった。あれは偶然だと言いたいが、ぶつかったのは事実だ。

小野寺が、佐登子に聞く。

「それでそのあと、カラオケへ連れ込まれたのか」

「そうよ。歌うどころか、あたしにむしゃぶりついてきてさ、もう大変。ボーイに聞けば、全部話してくれるよ」

梢田は言葉を失い、両足を踏ん張った。佐登子をかつぎ上げて、飛行機投げでも食らわせたい気分だ。

小野寺が、人差し指を胸に突きつけてくる。

「言っときますがね。この子は、おととし中学を出たばかりの、けつの青い娘っ子ですよ。ご存じでしたか」

それを聞いて、梢田は頭の上に立て看板でも落ちてきたように、驚いた。

「嘘を言うんじゃない。いくらなんでも、十六、七ってことはないだろう」

とても、信じられない。

「親が言うんですから、間違いありませんよ。なんなら、戸籍抄本でも取りますか」

梢田は、返事に窮した。

小野寺が、食ってかかる。

「現職の刑事さんが、中学を出たばかりの娘にマッサージさせたり、カラオケでふらちな振る舞いに及ぶとは、どういうことですか」

「いや、これにはいろいろと、事情があるんだ。それに、娘さんがまだ十代だなどとは、とても思えなかったし」

「そりゃそうかもしれんが、この子は昔で言う不良でね。高校にも行かず、マッサージの学校で習った技術を、妙なところで生かしてる。いくらかおとなびてますが、まだ子供なんです」

梢田は腕時計を見た。

そろそろ、佐登子が呼んだ田代伊津子が、やって来るころだ。

「ちょっと、神保町の交差点まで、付き合ってくれませんか。娘さんは、覚醒剤の売買いに関わっていて、その仲間がそこへやって来る。そいつをつかまえたら、全部はっきりするから」

梢田が言うと、小野寺はきっとなって、佐登子を睨んだ。

「おまえ、とうとう覚醒剤にまで、手を出したのか」

佐登子が、激しく首を振る。

「嘘よ、嘘。そんなこと、してないわよ」

梢田は、佐登子のハンドバッグを指さした。

「じゃあ、その中を見せてみろ」

「いやよ」

佐登子が言うより早く、小野寺はハンドバッグを引ったくって、中身を歩道にばらまいた。

梢田はあわててかがみ込み、化粧道具や財布やハンカチを掻きのけて、プラスチックケースを探した。

ケースは、どこにもなかった。

梢田は立ち上がり、佐登子を問い詰めた。

「おい。あのケースを、どこへやった」

「あのケースって何さ。あたしは、ピルケースなんか、持ってないよ」

くそ、と歯嚙みをする。

たぶん、廊下へ出て電話したときに、処分したのだ。カラオケボックスを探せば、まだ見つかるかもしれない。なぜ、捨てる気になったのか、それが分からない。

いずれにせよ、たとえケースが見つかったとしても、それが佐登子のものだと証明しないかぎり、罪に問うことはできない。佐登子に、ケースについた指紋をふき取るだけの、頭があったかどうか。いや、こうしたやばい仕事に手を染める以上、それくらいの知恵は回るだろう。

小野寺が、首を振って言う。

「あのね、刑事さん。嘘も、たいがいにしてくださいよ。だいいち、あんたが本物の刑事だという証拠は、どこにもないんだ。差し支えなければ、警察手帳を見せてくれませんか」

梢田は、しぶしぶ身分証を取り出し、開いて見せた。

小野寺はそれをのぞき込み、もっともらしくうなずいた。

「ほう、生活安全課の、梢田威さんね。どうやら、本物らしいですね」

「もちろんだ。またあらためて、こちらから〈ジャネイロ〉に連絡する。これで、失敬するよ」

「ちょっと、逃げるんですか」

「逃げやしない。神保町の交差点に、売人が来ることになってる。そいつを、とっつかまえるんだ」

走り出そうとする梢田の腕を、小野寺が押さえる。

「今夜のところは、見逃してあげましょう。うちの娘にも、まったく非がないわけじゃなさそうだしね。ただし、今後娘に近づいたりちょっかいを出したりしたら、署長に訴えますよ。そのつもりでいてください」

「勝手にしてくれ」

梢田はそう言い残し、神保町の交差点へ駆け出した。

走りながら、佐登子の携帯電話を取り上げなかったことを、思い出す。着く前に、田代伊津子に警告の電話をされたら、逃げられてしまう。

振り向くと、小野寺が佐登子の背中を車道に押し出し、タクシーをつかまえるのが見えた。

佐登子に、電話する余裕がないことを祈りながら、また猛然と走り出す。

交差点に達したとき、信号は運悪く赤だった。

足踏みをしながら、通りの向かいの大きなビルの前にある、レンガの広場を見渡した。ビルの横手に、地下鉄におりる階段口がついているので、人の出入りはそこそこにある。しかし、伊津子らしい女もそれ以外の人影も、見当たらない。

もし、伊津子がシートを所持している現場を押さえれば、たとえあの佐登子が未成年だったにせよ、なんとか面目が立つはずだ。

信号が、青に変わる。

梢田ははやる気持ちを抑え、ことさらゆっくりと横断歩道を渡った。三角形の広場にはいったが、宝くじのボックスがぽつんと立つだけで、やはりだれもいない。腕時計を見ると、すでに九時半になっており、十五分後という指定時刻をわずかながら、過ぎている。

梢田は、地下鉄の階段口のあたりをぶらぶらしながら、伊津子かそれに似た女がやって来ないかと、目を皿のようにして見張った。

十分待ったが、それらしき人物はとうとう現れない。

梢田は業を煮やし、すずらん通り側の信号を渡って、〈さわやか治療院〉に向かった。ピンクのネオンはすでに消え、ビルから明かりも漏れてこない。ドアにはしっかり、鍵がかかっていた。

ため息をつき、ドアを睨みつける。

そのとき、背後から声がかかった。

「引っかかりましたね、先輩」

驚いて振り向くと、そこに立花信之介が立っていた。

6

梢田威は、立花信之介の顔を見上げた。

「どうした。帰ったんじゃなかったのか」

「先輩の挙動不審な態度を見て、帰るのをやめたんですよ」

「挙動不審だと」

「ええ。先輩は嘘をつくとき、いつも目をきょときょとさせる癖が、ありますからね」

梢田は、憮然とした。

「今まで、どこにいたんだ」

「ずっと、先輩と一緒でした。あとをつけたんです。カラオケボックスまで」

くそ、気がつかなかった。

ばつの悪い思いをしながら、しかたなく説明する。

「あれは、この治療院でおれをマッサージした、倉持佐登子って女だ。話をしてるうちに、カラオケボックスへ行くことになって、待ち合わせたんだ」

立花が、もっともらしくうなずく。

「まあ、そんなとこだろう、と思いましたよ」

「きみも、カラオケボックスにはいったのか」

「ええ、隣のボックスにね。ときどき先輩のボックスも、のぞきに行きました」

「それじゃ、おれがあの子に何もしなかったことを、証言してくれるな」

「さあ、そこまでは。ずっと見てたわけじゃないし」

頼りにならぬやつだ。

「あの子が、携帯電話をかけに廊下へ出たのを、見なかったか」

「ええ、見ました」

「電話しながら、ハンドバッグから何か取り出して、どこかへ捨てたりしなかったか」

「小さなケースみたいなものから、中身を灰皿スタンドにあけましたね。ケースは、廊下の窓から捨ててしまいました。隣のビルとの境の、ほそい隙間です。回収はむずかしいでしょう。どっちかの建物を、ぶっ壊さないとね」

「灰皿スタンドは、調べたか」

「蓋を取ってみましたけど、水とたばこの吸い殻にまじっちゃって、よく分かりませんでした。ぼくは、そのまま先に店を出て待機にはいったので、あとのことは知らないです。あれ、なんですかね」

「覚醒剤だ」

梢田の返事に、立花はのけぞった。

「覚醒剤。だったら、回収しますか」

「やめとこう。今さら、むだだ」

たとえ、吸い殻の残骸から覚醒剤を検出したところで、倉持佐登子と結びつけることは、不可能だろう。

立花は続けた。

「あのボックスで使ったマイクやグラスに、指紋が残ってませんかね。あとあと、証拠になるかもしれませんよ」

梢田は少し考えたが、結局首を振った。

「もう、グラスは片付けられちまっただろうし、次の客がはいったに違いない。しかし、いいところに気がついたな。ほめておくよ」

立花の腕をつかみ、話を変える。

「立ち話もなんだから、ちょっと腰を落ち着けよう」

表通りに出て、中華料理の〈三幸園《さんこうえん》〉にはいる。餃子《ギョーザ》と生ビールを頼んだ。

カラオケボックスでの出来事を、細大漏らさず立花に話して聞かせる。

シートと聞くと、立花もさすがに緊張した。

「なるほど、それでなんとなく、筋書きが読めてきました」

「どういう風にだ。ついさっき、引っかかりましたねと言ったが、それと関係あるのか」

「大いにあります。カラオケボックスから出たあと、先輩たちは〈ジャネイロ〉の小野寺とかいうマスターと、話をしたでしょう。話というより、もめてたといった方が正確だけど」

「ああ、そのとおりだ。ビデオショップの前で、ばったり会ったのさ」

立花は、指を立てた。

「ばったりじゃありませんよ。ぼくが待機してる間に、小野寺はビデオショップのあたりにやって来て、人待ち顔にうろうろしてましたから」

これには驚く。

「そりゃまた、どういうわけだ」

「あの子が、カラオケボックスで電話した相手は、小野寺だったんじゃありませんか」

「そんなはずはない。あの、倉持佐登子という娘はシートの売人で、例のマッサージ屋の一階にいた、田代伊津子という女を電話で呼んだんだ。その伊津子が大量のシートを持って、さっきのレンガ広場へやって来る、という手筈《てはず》になっていた」

立花は首を振った。

「田代伊津子は、そんな玉じゃないですよ。なにしろ、このぼくがお尻にさわろうとした手を、振り払ったんですからね」

いかにも心外だ、という口調だ。

「さっきは、手を握ろうとして振り払われた、と言ったぞ」

「お尻の方も、試したんです」

梢田はあきれて、首を振った。

立花は続けた。

「とにかく先輩は、キララに乗せられたんですよ。あの子が電話したのは、間違いなく小野寺だと思います」

一瞬、ぽかんとする。

「キララってだれだ」

「その、倉持佐登子とかいう女ですよ。あれは昼間、〈ジャネイロ〉でぼくたちと話をした、十五でちゅ、のキララに違いありません」

梢田は、あっけにとられた。

頭の中で、佐登子とキララの顔が交互にひらめき、目が回りそうになる。片方は厚化粧、もう一方はすっぴんだから、どうにも重ならない。

「し、しかしおれには、同一人物には見えなかったぞ。両方小柄というだけで、ほかに共通点はなかった」

そう言いながら、佐登子のしゃべり方や声の調子に、どこか聞き覚えがあるような気がして、不安になる。

立花は、熱心に言った。

「あの厚化粧じゃ、見慣れないかぎり同じ娘とは、分かりませんよ。ただ、ぼくは人の顔や体の特徴を覚えるのが、得意でしてね。髪形や顔立ちは、セットや化粧でいくらでも変えられる。変えられないのは、耳の形と歩き方の癖です。これさえチェックすれば、だいたい分かります」

梢田はショックを受け、両手を髪の中に突っ込んだ。

「くそ。どういうことだ、これは。小野寺のやつ、佐登子を中学を出たばかりの自分の娘だ、とぬかしやがったぞ」

「それは、先輩の弱みにつけ込んで逃げを打つための、はったりですよ。〈ジャネイロ〉で見せた、大学の学生証のコピーだって、偽造に違いない。あのとき、名前と顔写真を丹念にチェックすれば、正体を見破れたかもしれません」

よく考えれば、確かに十六、七の娘の顔ではなかった。暗かったので、そう信じこまされてしまったのだ。

梢田はやけになって、餃子にかぶりついた。

立花が言う。

「あの二人はぐるになって、シートを売りさばいてるんですよ、きっと。佐登子は、梢田さんにシートを大量注文されて、近くにいた小野寺に電話した。そのとき、彼女は梢田さんのことを、昼間〈ジャネイロ〉に来た喫茶飲食店組合関係者の一人だ、と言ったんでしょう。小野寺は、実は梢田さんが御茶ノ水警察署のデカだ、と知っている。そこで、苦し紛れに一芝居打つことにして、急遽《きゅうきょ》筋書きを考えたに違いない。伊津子の名前を出したり、親子になりすましたりと」

梢田は、ため息をついた。

「そうか。なんとか、とっつかまえられんかな、二人を」

「麻薬、覚醒剤事件は、現行犯逮捕が原則ですからね。この一件は、立件できないでしょう」

「しかし、このままじゃあ気がすまん。あした、〈ジャネイロ〉と〈さわやか治療院〉に押しかけて、両方とも締め上げてやる」

梢田が毒づくと、立花は馬でもなだめるように両手を広げ、抑えるしぐさをした。

「まあまあ。二人とも、店にはもう姿を現しませんよ。念のため、小野寺とキララが乗ったタクシーの会社名と、ナンバーをメモしておきました。二人がどこへ行ったか、車の中でどんな話をしたか、運転手に聞きましょう。何か分かるかもしれません」

なかなか、抜け目がない。ここ何か月かの、研修の成果が出たようだ。

「とにかく、あしたもう一度店へ出直すんだ。二人で、手分けしようじゃないか」

梢田は憤懣《ふんまん》やる方なく、ビールをぐいと飲み干した。


翌日。

梢田は、外回りと称して署へ出るのを回避し、店が開く時間帯を狙って神保町へ出た。

〈さわやか治療院〉は、十一時から営業していた。一階のドアをあけると、新聞を読んでいた田代伊津子が、カウンターから顔を上げた。

うさん臭げな顔をしたが、別にあわてふためく様子もない。

「ゆうべはどうも。四階の、倉持佐登子というマッサージ師は、今日来てますか」

伊津子は眉をひそめ、ぶっきらぼうに応じた。

「どちらさまですか。ゆうべの、もう一人のお連れの方は、何か勘違いされてたようですけど」

そう指摘されると、正直に身元を言いにくくなる。

「ええと、わたしは神保町路上観察研究会の者ですが、ゆうべ倉持さんに入会案内を持って来てあげる、と約束したのでね」

伊津子は、ますますうさん臭そうな顔をした。

「あの子が、そんなものに興味を持つとは、思えませんね。でも、どっちみちもう用はないわ。あの子、くびにしましたから」

「くび」

半ば予想はしていたが、さすがにがっくりくる。

「ええ。今朝出てこないので、連絡先のアパートに電話してみたら、現在使われていない番号でした。わたし、そういう嘘が許せないんです。だから、即刻くびにすることにしました」

「くびとおっしゃると、つまりこの治療院の経営者はあなた、ということですか」

「そうです。たとえ、彼女が今月分の取り分をもらいに来たって、払うつもりはありません」

取りに来ることはないだろう。

「あなたは彼女のお友だち、というわけじゃないんですね」

伊津子は、目をむいた。

「まさか。ここで仕事を始めるまで、会ったこともありません」

「すると、彼女はどなたかの紹介で」

「いいえ。ここを開いたとき、スタッフが一人足りなかったので募集したら、彼女が応募してきたんです。〈赤岩マッサージ学院〉の修了証書を見せて、歩合で働かせてほしいと言いました」

たぶん、それも偽造だろう、という気がした。

伊津子が続ける。

「それより、うちは健全なマッサージ治療院なんですから、勘違いなさらないでくださいい。ゆうべのお連れのかたに、そう言っておいていただけませんか」

「彼は、まだ若くて血の気が多いものだから、あなたの魅力に負けてつい手が出たんでしょう」

梢田の言葉に、伊津子の頬が心なしか赤くなる。

梢田は、付け加えた。

「それに、だれかがこの治療院のことをいかがわしい店だ、と言い触らしているらしいですよ」

伊津子は、乱杭歯で唇をぎゅっと嚙み、憤然として言った。

「だれが言い触らしているか、見当がつきます。この治療院のせいで、お客さんを取られた近所の整体師とか、マッサージ師のしわざです。あまりひどいようなら、警察に訴えようかと思います。そういうとき、警察は相談に乗ってくれるんでしょうか」

梢田は尻込みして、頭を搔いた。

「ええと、それはどうですかね。なにしろ警察は、証拠がないと動かないから」

あとは言葉を濁して、治療院を出る。

そのとたん、携帯電話が鳴った。

表示を見ると、立花信之介だった。

「立花です。今、〈ジャネイロ〉を出たところですが、そちらは」

「おれも、〈さわやか治療院〉を出たとこだ。小野寺たちはどうした」

「案の定、小野寺もキララも今日は無断欠勤で、姿を見せていません。店主の、松井田という男に話を聞いたんですが、教えられた電話番号は現在使われていないもので、つながらなかったそうです」

松井田の話によれば、開店三か月前にスタッフを募集したとき、小野寺守と倉持佐登子がセットで応募してきた、とのことだった。小野寺は、ファミリーレストランやカフェテリアで、店長やマネージャーを歴任した経験があり、佐登子はそのアシスタントを務めていた、という。もっとも、身元の確認などは形式的なもので、詳しく調べていない。

履歴書によれば、佐登子は静岡県浜松市《はままつ》出身の二十三歳、ということだった。

佐登子は、小野寺の指示で近くの大学のキャンパスを回り、女子学生をスカウトしてウエートレスに仕立てた。当人も、表向き大学生としてほかの学生に交じり、学生証のコピーを偽造した上、店に出ていた。当人がそうしたいと言い張るので、松井田も深く考えずに許したという。

話し終わると、立花は一言で総括した。

「要するに、小野寺もキララも忽然《こつぜん》と現れ、忽然と消えてしまったわけですね」

「そういうことだな。ちょっと早いが、昼飯を食おう。こっちへ回ってくれ。さくら通りの入り口の、冨士屋ストアの角で待ってる」

梢田は、一足先に待ち合わせの場所へ行き、神保町統一町会の事務所に電話した。

思ったとおり、神保町の町会に高森という名の住人も店舗も、存在しないことが分かった。伊津子の言うとおり、客を奪われた他のマッサージ関係者の中傷、と考えてよさそうだ。

あるいは、シート売買の縄張り争いにからむ謀略、という線もなくはない。いずれにせよ、久保副署長は密告電話を額面どおりに受け取り、梢田たちに視察を命じたのだった。

しかしあの店が、他のマッサージ師に危機感を抱かせるほど、魅力的な治療院とは思えない。よほどの美人ぞろいならともかく、女のマッサージ師というだけで客が殺到するような、甘い業界ではないはずだ。これも、過当競争の弊害かもしれない。

ゆうべのうちに、梢田は立花にタクシー会社に電話させて、運転手と連絡をとらせた。その結果、小野寺と佐登子は池袋《いけぶくろ》駅西口まで行ったことが、確認された。二人は、車の中で派手に言い争いをした、という。詳しくは分からないが、運転手はデカとかセーラーカフェとか、断片的な単語をいくつか耳にしたほか、シートがどうのこうのというせりふも、記憶していた。むろん運転手には、意味が理解できなかっただろうが。

7

十分もしないうちに、立花信之介が横断歩道を渡って来た。

梢田威は、立花を十一時開店の〈神房《じんぼう》〉に、連れて行った。

ここは、靖国通り沿いの古書センタービルの裏側に位置する、ステーキとワインの店だ。二階にある、カレーライスの老舗《しにせ》〈ボンディ〉の姉妹店で、ハンバーグがうまい。もちろん、ステーキもうまいに違いないが、梢田はまだ食べたことがない。

客席は少し手狭だが、奥にはいると落ち着く。

「今日は、おれがおごる。ステーキを食おう」

思い切って言うと、立花はほとんどのけぞった。

「どういう風の吹き回しですか、先輩」

「厄落としだ。実をいえば、近ごろ競馬で大穴を当てて、金回りがいいんだ。ただし、係長には絶対内緒だぞ。たかられるからな」

生ビールをグラスで頼み、乾杯する。

梢田は、先刻〈さわやか治療院〉で交わした、伊津子とのやりとりをそのまま、立花に報告した。

「田代伊津子は、きみが手を握ったり尻をさわったりしたことに、かなり腹を立てていたぞ。仕事とはいえ、きみも相手を見て手を出すように、気をつけた方がいい」

そう忠告すると、立花はしゅんとした。

「あれで、あの子がすごい美人だったりしたら、逆に手を出せませんよ」

「そんなせりふが耳にはいったら、馬乗りになられて絞め殺されるぞ」

ステーキが来た。かなりのボリュームだ。

梢田も立花も、さっそくかぶりつく。

一息入れて、立花が言った。

「それにしても、あの小野寺と佐登子というのは、何者なんですかね」

「小野寺は、佐登子のヒモってとこだろう。昼はセーラーカフェ、夜はマッサージ治療院で働かせて、しぼり取る寸法だ。治療院の方は、ついでにシートを売りつける相手を物色する、という目的もあったに違いない」

「ヒモですか。いい年して、あんな若い子とタッグを組むとはけしからん、というか、うらやましいですね」

まったく、立花の言うとおりだ。

コーヒーを飲んだあと、腹ごなしに御茶ノ水署まで歩いた。

生活安全課のフロアに上がると、斉木斉と犬猿の仲の保安一係長、大西哲也《おおにしてつや》が間仕切りのキャビネットを挟んで、やり合っていた。

「あんたたちは、飲み屋や古道具屋や質屋を回ってろ。ヤクがらみの事件は、おれたち一係に任しておけばいいんだ」

　大西が、神経質そうな目を吊《つ》り上げ、まくしたてる。

　斉木は、眠そうなダックスフントのような顔で、それを受け流した。

「おまえさんたちの扱うヤクは、せいぜい風邪薬か胃腸薬がいいとこだ。これまでコカイン、覚醒剤のたぐいを押収したことが、何度あったかな。せいぜいこの十年で、二度か三度だろうが」

　大西の顔が、赤くなる。

「それはこの管内に、そういう悪質犯罪の温床がないからだ。その事実一つを取っても、管内の平和がいかにおれたち一係の、絶え間なき努力に負うところが大きいか、分かるだろう」

　斉木が返事をせずにいると、大西は言い勝ったと思ったのか、意気揚々と自席に引き上げようとした。

　とっさに梢田は、大西に声をかけた。

「大西係長。ちょっとお尋ねします」

　大西は振り向き、小ばかにしたように梢田を見返した。

「おう、なんだ。只飯食らいの名人が、おれに何か質問か」

　梢田は、その悪態を無視した。

「覚醒剤がらみで、初老の男と二十歳前後の若い女の売人コンビに、お心当たりはありませんかね」

大西は、急にまじめな顔になって、キャビネットのそばにもどった。

「初老の男と、若い女だって」

「そうです。男の方は、ジェームズ・キャグニー風の、チョイワルおやじ。相方は、女子高生にも見えそうな、小柄な女ですが」

大西は、聞き耳を立てている一係の部下を見返り、また梢田に目をもどした。

「そいつは、もしかすると上海《シャンハイ》ランディ、上海キャロルのコンビかもしれん。おまえ、その二人を知ってるのか」

「知ってるわけじゃありませんが、このあたりでそういう二人組を見かけたという話を、耳にしたものですからね。だれですか、そのランディとかってのは」

大西も、大西の背後にいる部下も色めきたって、梢田を見つめる。

その勢いに、梢田はかえってたじろいだ。

「ランディ、キャロルの上海コンビは、本庁でも血眼《ちまなこ》になって探してる売人だ。ネタがあるのなら、おれたちに提供しろ」

大西が、気色ばんで梢田に言い寄るのを、斉木がそばから制する。

「何も言わなくていいぞ、梢田。飲み屋や古道具屋、質屋を回るのがおれたちの仕事だ。一係の高尚なお仕事に、口を出すなんて恐れ多いことは、やめておけ」

梢田は、いかにも申し訳ないという顔をこしらえ、頭を下げた。

「すみませんね。その二人に似た男女を、昨日この界隈で見かけたような、そんな気がしたものですから、ついよけいなことを言っちまって」

大西は、目を丸くした。

「おい、それはないだろう。あのコンビの人相を、正確に知ってるやつはだれもいないんだ。もし、ほんとうにあいつらを見かけたのなら、人相書きを作るのに手を貸してくれ」

なおも言い募る大西に、斉木は指を立てた。

「おれたちは、これから質屋回りに出かける予定だ。これも、盗品をチェックする重要な仕事でね。お互い、自分の仕事をしようじゃないか」

そう言って、梢田の背中を押す。

背後で、大西ら保安一係の連中が何かわめいたが、二人とも足を止めなかった。

生活安全課のフロアを出ると、五本松小百合と立花信之介も、あとについて来た。

斉木が、梢田の肩をこづく。

「このやろう、よけいなことを言いやがって。敵に塩を送るやつがあるか」

「送る気なんかないよ。それにしても、あの二人がそんな大物だったとは、知らなかった」

梢田が言うと、斉木はトイレの前で、足を止めた。

梢田と立花を、交互に見る。

「おまえたち、ゆうべ〈さわやか治療院〉へ行ったはずだな。さっきの口ぶりでは、何かあったようじゃないか。その結果を、報告しろ」

「別に、何も。ただの、まともなマッサージだった。ノー・プロブレムだ」

斉木は疑わしげに、立花に目を移した。

「ほんとうか、おぼっちゃまくん」

立花は、ぐいと唇を引き結んだ。

「おぼっちゃまくんをやめてくださったら、どんなにすばらしいマッサージだったかを、ご報告します」

斉木は、いやな顔をした。

梢田は、逆に質問した。

「ゆうべ、〈萬代〉で署長以下と飯を食って、なんの話をしたんだ」

斉木がたじろぎ、ちらりと小百合を見る。

小百合は、平然として言った。

「立花さんを、保安二係で預かるのは重荷なのではないか、というご下問でした」

「それは、どういう意味だ。おれたちには荷が重いから、立花君を別の部署へ移すってことか」

梢田の質問に、また小百合が答える。

「どうも、梢田さんに預けておくとろくなことを覚えない、という印象があるらしくて」

「冗談じゃないぞ。おれは係長に教わったとおりに、立花君を指導しているつもりだ。おれが悪いとすれば、それは係長の責任だ」

斉木が目をむく。

「このやろう、おれの責任にするな」

小百合が、二人を分ける。

「まあ、お待ちください。立花さんの研修は、わたしたち全員の責任です。署長は、暗に立花さんをほかの部署に回そう、と考えておられるようでした。でも、副署長と生活安全課長のご意見を入れて、本人の意向を尊重しようということになりました」

それを聞いて、立花は気をつけをした。

「本人というのは、ぼくのことですか」

「そうよ」

斉木が、咳払いをして言う。

「まあ、きみにもいろいろ意見はあるだろうが、おれたちは別にきみを邪険に扱ったつもりはない。研修の成果は着々と上がっているし、ここできみが配属を替えてくれと署長に具申すると、おれたちとしても立場がなくなる。したがって」

「もし差し支えなければ、このまま保安二係で研修を続けたい、と愚考します」

立花が言ったが、斉木はそのまま自分の言葉を続けた。

「どうしても、ほかへ移りたいというなら」

そこでふと気がつき、立花を見上げる。

「なんだって」

「保安二係から、ほかへ移る気はないんですが」

斉木は拳を丸め、もう一度咳払いをした。

「なんというか、どうしてもきみが残りたいというなら、ぼくも考えようじゃないか」

梢田は、笑いを嚙み殺した。

斉木が、きみとかぼくとか言うのを耳にしたのは、小学校以来のことだ。

立花の顔に、笑みが広がる。

「ええと、係長は今ぼくのことを、おぼっちゃまくんと呼びませんでしたね」

斉木は、照れくさそうに鼻をこすった。

「言わなかったよ。まあ、きみが一人前になったとは言わないが、いくらか仕事を覚えたようだしな」

「いくらかどころか、ゆうべは大活躍だったんだ」

梢田がうっかり言うと、斉木はじろりと横目を遣った。

「よし、その話をじっくりと、聞かせてもらおうか」

小百合が負けずに、梢田の方に乗り出す。

「マッサージ師を相手に、ふらちなまねはしなかったでしょうね、梢田巡査長」

梢田はくさり、そっぽを向いた。

小百合が、わざと肩書をつけて梢田を呼ぶのは、問い詰めたいことがあるときなのだ。

梢田は、覚悟を決めた。

「よし。少し早いけど、三時のお茶にしよう。報告は、そこでする」

拳銃買います

I

月曜の朝九時。

梢田威が署に出ると、斉木斉が目を三角にして言った。

「おいおい、何時だと思ってるんだ」

反射的に、壁の時計を見る。

「ちょうど九時だ。遅刻はしてないぞ」

「遅刻しなけりゃいい、というもんじゃない。ちっとは早く来て、上司にお茶でもいれようって気に、ならんのか」

「お茶をいれるのは、五本松の」

そう言いかけたところへ、当の五本松小百合がお茶を載せた盆を持ち、生活安全課のフロアにはいって来た。

斉木が、いやみたらしく言う。

「巡査長のくせに、巡査部長にお茶をいれさせるとは、たいしたご身分だな」

「いやみもたいがいにしろ。おれは何も」

「だったら、あしたから十五分早く出署して、お茶をいれろ」

そばに来た小百合が、斉木のデスクに湯飲みを置いた。

「お気遣いなく、係長。五本松は、お茶をいれるのが趣味ですから」

「しかしだな、五本松。かりにも巡査部長が、巡査長や見習いにお茶を」

斉木がそこまで言ったとき、立花信之介がフロアにはいって来た。髪が乱れ、顔が上気している。

「おはようございます。見習いにお茶を、どうしたんですか」

立花に突っ込まれて、斉木はわざとらしく咳払《せきばら》いをした。

「そんなことは、どうでもいい。もう九時五分だぞ。なんで遅刻した」

「上の道場で、一汗流してきました」

斉木の目が、疑わしげに光る。

「道場ね。柔道か、やっとうか」

「やっとうです。明央大学の剣道部のＯＢで、小太刀を使うじいさんがいましてね。どうあがいても、勝てないんですよ。ぼくが長い竹刀《しない》を持つと、リーチだけで三十センチも差が出るんですけど、これが全然届かないとくる。名人って、いるんですねえ。どうも、ごちそうになります」

立花はそう言って、小百合の盆から湯飲みを取った。

斉木は露骨に渋い顔をしたが、立花はいっこう気にする風もなく、お茶を飲む。

梢田は、そのあっけらかんとしたくそ度胸に、苦笑した。見習いとはいえ、これがキャリアの持つ自信か、と少しばかり感心する。

斉木は、急に思いついたように顎をしゃくって、三人を隅の作業デスクのまわりに、呼び集めた。隣の、保安一係のフロアにちらりと目をくれ、係長の大西哲也が背を向けているのを確かめてから、ひそひそ声で言う。

「いいか、よく聞け。今日から、例の〈特別保安強化キャンペーン〉が始まる。この機会に、大西の鼻を明かしてやるんだ。間違っても、気を抜くんじゃないぞ。後れを取ったら、全員御茶ノ水の駅前交番で立ち番させるから、そのつもりでいろ」

小百合が、こほんと小さく咳をした。

「あまり対抗意識を燃やすと、本庁から来る生活安全特捜隊の受けが、悪くなりませんか」

「悪くなるどころか、向こうからあおってくるに違いない。本庁の担当も、一係と二係とそれぞれ一人ずつやって来るわけだから、当然対抗意識を燃やすはずだ。おれたちの成績だけじゃなくて、連中の成績にもつながるわけだからな」

立花が、口を出す。

「しかし、なんで御茶ノ水署が選ばれたんでしょうね」

「これまで、あまり成績がかんばしくなかったし、しかたないでしょう。でも、うちだけじゃないんだから、落ち込むことはないわ」

小百合の説明に、梢田は不満を述べ立てた。

「御茶ノ水署の管内にはヤクザもいないし、風俗営業だって無邪気なレストランや喫茶店、パチンコ店に、ゲームセンターくらいのものだ。はなから、チャカにもヤクにも縁がないんだから、成績の上げようがないじゃないか」

また立花が、口を挟む。

「でも、先輩。こないだの上海ランディ、上海キャロルみたいな流しの売人の例も、あるじゃないですか。取り逃がしちゃいましたけどね」

痛いところを突かれて、梢田は鼻をこすった。

「あれは、たまたまだ。あいつらはもう、二度ともどって来ないよ」

小百合が、口を開く。

「ほかにも、ホテトルとかデリヘルのようなものが、野放しになってますよね」

斉木は、ことさらむずかしい顔をこしらえ、にべもなく言った。

「ホテトルはともかく、デリヘルは一応法令で許されてるから、別に問題はない」

「でも、実態はどうか分かりませんよ。ねえ、梢田さん」

小百合に聞かれて、梢田は身構えた。

「おれに聞くのは、やめてくれ。デリヘルなんか、呼んだことないぞ」

一瞬、しんとする。

今週から来週にかけて、保安部門の成績がかんばしくないいくつかの署を対象に、十二日間にわたる〈特別保安強化キャンペーン〉なるものが、本庁の指令で設定された。キャンペーン期間中、選び出された署には推進本部が置かれ、本庁の生活安全特捜隊の係長クラスがやって来て、指導監督に当たるという。

御茶ノ水署もその一つに選ばれたため、署長の三上俊一は神経をぴりぴりさせていた。先週末などは、保安の刑事を狭い署長室に全員呼び集め、訓示を垂れて叱咤《しった》激励した。

というのも、初日の今日午前九時三十分から会議室で、指導監督官との顔合わせがあるからだ。

斉木は言った。

「監督官にあれこれつつかれる前に、一応こちらの方針を固めておく必要がある。最初が肝腎だからな」

「方針、とおっしゃいますと」

小百合の問いに、斉木はおもむろに指を立てた。

「日常、だれがどんな仕事をしてるのかとか、どういう分野を得意にしてるのかとか、その種の質問が出たときに、てきぱきと答えられるようにしておくのさ」

「おれは、管内で只飯《ただめし》を食ったりしないぞ。少なくとも、最近はな」

梢田が言うと、斉木が睨《にら》みつけてきた。

「だれも、そんなことは聞いてない」

「あんたが、監督官によけいなことを告げ口しないように、釘《くぎ》を刺しておいたのさ。ついでに、只酒も飲んでないからな」

斉木は、梢田の胸に指を突きつけた。

「してないことじゃなく、自分がしてることをアピールできるように、頭を整理しておけ」

間仕切りのキャビネットの向こうで、大西が保安一係の部下たちに声をかけるのが、耳にはいった。

「さあ、行くぞ」

それを合図に、一係の連中が全員ざざっと席を立って、出口に向かった。

小百合が、腕時計に目をくれる。

「あら、もう九時二十五分だわ。顔合わせの時間ですよ、係長」

斉木は、むすっとした。

「あわてるな。まだ五分ある。大西たちと一緒には、行きたくない」

斉木と大西の関係に比べると、犬と猿は大の仲よしといってもよい。

九時二十七分になって、ようやく斉木は腰を上げた。ぞろぞろと廊下へ出て、奥の会議室に向かう。

会議室のドアには、〈特別保安強化キャンペーン推進本部〉と墨痕鮮やかに書かれた紙が、麗々しく貼ってあった。

小百合がノックして、斉木のためにドアを開く。

デコラのテーブルが、コの字形にセットされていた。

縦棒の部分に、制服を着た三上署長。その両脇に、本庁から来た指導監督官と思われる、二人の男。奥の列には、大西以下の保安一係の面々が、買ったばかりの五人囃子《ごにんばやし》のように、雁首《がんくび》を並べている。

梢田は手前の列に、斉木と並んで腰をおろした。その隣に小百合、立花と続く。

三上が、皮肉たっぷりに言った。

「保安二係は、時間ぴったりだな」

「はい。時間厳守を、モットーにしておりますので」

斉木がくそまじめに答えたので、梢田は危うく吹き出しそうになった。時間厳守とか、モットーなどという言葉が、斉木の辞書に載っているとは思わなかった。

向かいの列から、大西がいやみたらしく言う。

「遅れなかったのが、不思議なくらいですよ。さっきまで、休憩コーナーで四人揃《そろ》って、ばか話をしてたんですから」

梢田は、つい口を出した。

「あそこは、休憩コーナーじゃなくて、作業コーナーなんですがね」

「ほう、そうか。しかし、作業してるところを、見たことがないぞ」

大西の皮肉に、梢田がむきになって言い返そうとしたとき、三上が手を上げた。

「無駄口は、それくらいにしておきたまえ、二人とも」

梢田は大西と睨み合ったが、しかたなく口をつぐんだ。

2

三上俊一が、あらためて口火を切る。

「さて、〈特別保安強化キャンペーン〉がスタートするに当たって、本庁生活安全特捜隊から御茶ノ水署へ、二人の指導監督官がやって来られた。肩書は係長だが、大西君や斉木君とは違う。本庁だから、階級は警部だ。失礼のないようにな」

大西哲也をはじめ、一係の刑事たちが合図でもかけられたように、いっせいに頭を下げる。こちらはといえば、斉木斉以下全員ばらばらに、うなずいただけだった。

三上が続ける。

「わたしの右側が、一係を担当する市毛《いちげ》警部。左側が、二係を担当する田島《たじま》警部だ」

「市毛です」

「田島です」

二人が頭を下げ、大西たちはもう一度最敬礼した。

梢田威もお義理で頭を下げながら、上目遣いに二人の警部を観察した。

市毛は、髪をきちんと七三に分けた銀縁眼鏡の男で、刑事というより銀行員のようだった。まだ四十前に見えるから、ノンキャリアとしてはまずまずだろう。

一方の田島は、ぎょろ目に団子鼻のいかつい顔の持ち主で、むしろマル暴担当の方が向いていそうな、こわもての男だ。年齢は四十代半ば、というところか。

どちらも虫の好かないタイプだが、田島の方が手ごわそうに見える。こいつが二係担当とは、どうやら悪いくじを引いたらしい。そもそも斉木とは、とうてい気が合いそうにない。

三上は言った。

「今日から十二日間、両警部の適切な指導によって、わが御茶ノ水署生活安全課の保安担当セクションに、活を入れてもらおうというわけだ。諸君も、虚心坦懐《きょしんたんかい》にご両所のアドバイスに耳を傾けて、期間内に望みうる最大の成果を上げるように、心がけてもらいたい。では、あとは両警部に任せて、わたしは失礼させてもらう。なお、松平生活安全課長はあいにく出張で不在だが、わたし同様今度のキャンペーンに、多大の期待を寄せている。その期待を裏切らぬように、がんばってやってくれたまえ」

そのまま席を立ち、会議室を出て行く。

それを待っていたように、大西が市毛に声をかける。

「市毛警部。さっそくご意見を拝聴したいと思いますが、二係の連中と一緒だとついだらけてしまいますので、席を変えて個別指導をお願いできませんか」

負けずに、斉木が田島に言った。

「それはこちらも、望むところです。田島警部さえよろしければ、近くにあるコーヒーのうまい喫茶店に、ご案内します」

「おれは、コーヒーは飲まないんだ」

田島がぶっきらぼうに応じたので、斉木は言葉の接ぎ穂を失ったかたちで鼻白み、口を閉ざした。大西とその部下たちが、くすくす笑う。

市毛が言った。

「それじゃ、われわれが外に行こう。この部屋は、コーヒー嫌いで煙草《たばこ》好きの人間に、譲ろうじゃないか」

それを聞いて、田島が市毛を睨む。

「自分だって、三年前まですぱすぱやってたくせに、嫌煙家みたいな面《つら》をするな」

市毛は、それを無視して大西たちに顎をしゃくり、会議室を出て行った。

その様子から、梢田はどうやら田島と市毛も、斉木と大西同様あまり仲がよくないらしい、と見当をつけた。

五人だけになると、田島はさっそく煙草に火をつけた。

煙草をやめて久しい斉木が、露骨にいやな顔をして煙を払う。しかし田島は、平気の平左だった。

梢田は田島の歓心を買おうと、日に十本と吸わない煙草を取り出して、口にくわえた。

斉木が睨んでくる。

「おい。会議室は禁煙だぞ。灰皿が置いてないだろうが」

梢田より先に、田島が言った。

「固いことを言うな。ええと、ええと」

「斉木です。斉木斉。保安二係の係長をやってます」

「そうか。ブホだな」

「は」

「警部補だろ、ただの」

「はあ」

斉木は、生返事をした。

「そっちの、ごついのは」

突然弾が飛んで来たので、梢田は煙にむせて咳《せ》き込んだ。

煙草を消し、背筋を伸ばす。

「ええと、梢田といいます。梢田威です。階級は、その、チョウです」

「巡査部長か」

「いえ、ただのチョウです」

田島は、鼻の上にしわを寄せた。

「なんだ、巡査長か。そんなのは、肩書のうちにはいらんぞ。そっちのお嬢は」

お嬢と呼ばれて、隣にすわる五本松小百合が椅子を鳴らし、身じろぎする。

「五本松小百合と申します。よろしくお願いします」

「セキのゴホンマツか」

田島は、おもしろくもない駄洒落《だじゃれ》を言い、一人でがははと笑った。

だれも笑わないので、すぐに真顔にもどる。

「フチョウだそうだな」

「は」

「婦人警官の巡査部長だろう。署長に聞いたぞ」

「失礼しました。病院とお間違えか、と思いましたので」

「看護婦長って呼び名は、もうないんだよ。みんな看護師長だ」

「それでしたら、婦人警官という呼称もなくなった、と思いますが」

田島がいやな顔をしたので、梢田は笑いをかみ殺した。

田島は、テーブルの端にすわる立花信之介に、目を移した。

「そっちの若造は」

「はい。立花信之介といいます。保安二係で、見習いをやっています」

「見習い。そんな肩書はないぞ」

「ええと、研修中なんです。ブホホをやってます」

「ブホホ」

田島は目をむき、きょとんとした。

「あの、一応警部補を拝命してるんですが、まだ補欠みたいなものですので、ブホホかと」

立花の返事に、田島が唾をのむ。

「するとおまえは、というか、つまりあんたは、警察庁にはいった口か」

キャリア組だ、ということに気がついて、少し腰が引けたようだ。

「はあ、一応、そういうことになります」

「一応、一応というのはやめてくれ。れっきとしたキャリアなら、それらしく振る舞うのも仕事のうちだ」

急に物分かりのいい口調になる。

梢田はわざとらしく、咳をしてみせた。

田島は、ちょっとばつの悪そうな顔をしたが、すぐに斉木に目をもどした。

「さてと、斉木警部補。キャンペーン期間中に、部下にどのような課題を与えるつもりか、説明してくれ」

斉木が、そわそわと肩を動かす。

「ええと、その点については、部下がそれぞれ考えているはずですので、本人の口から」

田島は、それをさえぎった。

「本人が何をするつもりかじゃなく、あんたが何をさせるつもりかを聞いてるんだ。事前に、きちんとした課題を与えるのが、あんたの仕事だろうが」

「それはむしろ、田島警部の方から指示していただいた方が、いいんじゃないかと」

田島は斉木に、人差し指を振り立てた。

「あんたが課題を与えるんだ。それについて意見があるときは、おれの方からそう言う」

斉木が、珍しくたじたじとなるのを目にして、梢田は少し溜飲《りゅういん》が下がった。さすがに本庁の刑事らしく、田島はなかなかのやり手だ。

斉木は、こぶしを口に当ててこほんと咳をし、おもむろに言った。

「ええと、それではわたしの方から、申し上げます。まず五本松巡査部長には、管内の質屋回りと古物商回りを徹底させ、盗品の発見に努めるように指示します」

小百合が口を挟む。

「ふだんから、徹底しているつもりですが」

斉木は首をねじ曲げ、小百合を睨みつけた。

「とことん、徹底するんだ」

小百合は、椅子を鳴らした。

「はい。とことん、徹底します」

斉木が、親指で梢田を示す。

「次に梢田ですが、キャンペーン期間内に最低でも拳銃一丁か、麻薬ないし覚醒剤三グラムを押収するか、どちらかを達成するよう指示するつもりです」

それを聞いて梢田は、椅子から転げ落ちそうになった。

「おい」

思わず斉木の背中をつつくと、田島がそれを聞きとがめて、顔を起こした。

「ちょっと待て。上司に向かって、おい、とはなんだ」

あわてて、すわり直す。

「いや、実はその、こいつと自分はですね」

「こいつ、だと」

「いえ、そういう意味じゃなくてですね。斉木係長と自分は、小学校の」

「言い訳なんぞ、聞きたくない。上司には、それなりの礼を尽くすのが、警察のしきたりだ。おれだって、たとえ年下でも階級が上になった相手には、敬語を使うぞ」

斉木が、さも困ったというようなしぐさをして、田島に言う。

「まったく、この男は口のきき方を知らないんですよ、警部。警部の方から、キャンペーン期間中にその点をあらためるよう、きつく指導してやっていただけませんか」

梢田は、斉木の尻っぺたを蹴飛ばしてやりたかったが、かろうじて我慢した。

田島がうなずく。

「梢田には、それくらいきつい課題を与えた方が、身のためだろう。よし、つぎは立花だ。やっこさんには、どんな課題を与えるつもりかね」

話がさっさと先へ進み、梢田は抗議する機会を失った。

「立花君には、管内の風俗営業店をしっかり見回らせて、違法行為を犯してないかどうか、チェックさせます」

斉木がもっともらしく言い、田島はぽんとテーブルを叩《たた》いた。

「よし、それで決まった。おれの方から、特に指示することはない。各自、斉木警部補から与えられた課題をクリアするよう、がんばってもらいたい。みんな、保安一係の連中に、負けたくないだろう」

「負けたくありませんし、負けるわけもありません」

そこだけきっぱりと、斉木が請け合ってみせる。

田島は人差し指を立て、一人ひとり見渡しながら言った。

「その気持ちを忘れるな。おれも、市毛には負けたくない。おれに恥をかかせないように、奮闘努力してくれ。今日から、毎日午後五時にこの会議室に、集まることにする。そこで、その日の報告を聞かせてもらう。解散」

田島の掛け声を合図に、みんないっせいに立ち上がった。

3

生活安全課のフロアにもどる。

保安一係は、全員外へ打ち合わせに出たとみえて、だれもいない。

作業デスクにすわるなり、梢田威は斉木斉に食ってかかった。

「おい、どういうことだ。チャカ一丁、ないしはヤクかシャブを三グラム、だと。道端に落ちてるわけじゃないぞ。そう簡単に、押収できてたまるか」

「簡単にできたら、課題にならんだろうが」

「しかし五本松にも立花にも、具体的なノルマを課さなかったじゃないか。なんでおれだけ、割りを食うんだよ」

「それは、おまえが優秀だからだ」

「だいたい、あんたは」

そう言いかけて、梢田は斉木が聞き慣れぬことを口走ったのに、気がついた。

「ちょっと待て。おれが優秀だからと、そう言ったか」

「言った」

梢田が腕を組み、斉木を睨みつけた。

「人をからかうのも、いいかげんにしろ」

「それが分かるなら、実際優秀だという証拠だ」

梢田は、テーブルに身を乗り出した。

「おい、まじめに聞いてくれ。たった十二日間かそこらで、そんな大手柄を立てられるなら、苦労はない。本庁のデカを喜ばせるために、駆けずり回るのはまっぴらだ」

斉木は、妙にまじめな顔をこしらえて、梢田を見返した。

「おまえらしくもないぞ。いつもの伝《でん》で、新宿あたりの地回りをちょっと締め上げて、チャカでもシャブでも調達させりゃいいだろう。それくらいの手づるがなくて、どうする」

突然、立花信之介が割り込む。

「待ってください、係長。それは、まずいんじゃないですか。でっちあげとかやらせとかは、はっきり言って違法行為ですよ」

斉木は、立花をじろりと見た。

「たとえば、の話をしてるんだよ、おぼっちゃまくん」

立花は、顎を引いた。

「おぼっちゃまくんは、こないだ卒業したんじゃなかったですかね、係長」

「青臭いことを言うから、おぼっちゃまくんに逆もどりだ。梢田が、どうやってチャカやシャブを押収しようと、おれの知ったことじゃない。話の筋さえ通ってりゃ、田島も文句は言わんだろう」

言い返そうとする立花に、斉木はなおも押しかぶせた。

「ついでだから、おまえさんにも具体的なノルマを、与えることにする。期間内に、管内で行なわれている違法賭博《とばく》を最低一件、摘発するんだ。分かったか」

立花は、目をぱちくりさせた。

「違法賭博。どこでやってるんですか」

「ばかもの。それを探すのが、仕事だろうが」

にべもなく切り返され、立花は途方に暮れた顔をした。

五本松小百合が、助け舟を出す。

「カジノでなくても、違法賭博はできるのよ。たとえば、バーや飲み屋の奥の個室とか、マンションの一室とかね。やろうと思えば、学校や病院の宿直室でも、できるでしょう」

御茶ノ水警察署の宿直室でもな、と梢田は腹の中でうそぶいた。ときどき、斉木と自分との間で違法賭博、つまり賭け将棋が行なわれるのだ。

「それじゃ、その種の店やマンションに、軒並み家宅捜索をかければ、摘発できるかもしれませんね」

立花の能天気なせりふに、小百合が苦笑を漏らす。

「まあ、御茶ノ水署の管内で賭博の現場を押さえるのは、かなりむずかしいでしょうね」

斉木が付け加える。

「いざとなったら雀荘《ジャンそう》に飛び込んで、金をやり取りしてるところをとっつかまえる、という手もあるぞ。あれだって、りっぱな賭博行為だからな」

立花は、首を捻《ひね》った。

「でも、学生やサラリーマンが賭《か》けてる金って、微々たるもんでしょう」

「高級料亭の奥で、高額の賭け麻雀《マージャン》をやるやつだって、いるかもしれん。とにかく、なんでもいいから事件をこしらえて、手柄にするんだ。少なくとも、一係の連中だけには負けるな」

「しかし、でっちあげには賛成できませんね、ぼくは」

斉木は、うんざりしたように両手を広げ、テーブルを叩いた。

「だれも、でっちあげろとは、言ってない。最終的に、形になってればいい、ということさ。あとは、自分で考えろ」

それで、打ち合わせはお開きになった。

梢田は、あいている取調室を探してはいり、内鍵をかけた。携帯電話の登録を、片端からチェックする。

あった。

北沢昌三《きたざわしょうぞう》。モデルガンやガスガンを売る、新宿のガンショップの店員だ。

だいぶ前のことだが、小百合と一緒に明大通りを歩いているとき、北沢が明央大学の前の広場でコートをはだけ、女子学生に一物を見せる現場に遭遇した。小百合はすぐさま、軽犯罪法違反の現行犯で北沢を逮捕し、梢田とともに署へ連行した。

所持品を調べたところ、北沢が持っていたズックのバッグの中から、ガスガンが出てきた。本体は市販のものだが、パーツを金属製に替えてパワーを上げ、ボールベアリングを発射できるように改造した、違法のガスガンだった。

北沢は、複数の専門業者に金属製のパーツ類を別個に作らせ、本来の製品のパーツと差し替えて組み込み、違法のガスガンに改造したと白状した。フロンガスを、より発射力の強い炭酸ガスに替えれば、プラスチック弾と同じ大きさのボールベアリングを、発射することができる。そうやって作った違法ガスガンを、マニアに売っていたという。

梢田は、一物露出に軽犯罪法ではなく刑法の公然猥褻罪《わいせつざい》を適用し、さらに銃刀法第二条の二、ないし三違反の罪を合わせると、何年か臭い飯を食うことになるぞ、とひとまず北沢を脅した。その上で、違法の金属部品を製造する業者の名を吐けば、送検を見合わせてもいいともちかけた。北沢は、取引に乗った。

その結果、銃刀法施行規則第一七条の三違反の容疑で、違法業者がいっせいに摘発されることになり、梢田と小百合は点数を稼いだのだった。二人は、約束どおり北沢の罪は両方とも、見逃してやった。

それをきっかけに、梢田と小百合はときどき北沢を酒や食事に誘い、違法のガスガンやモデルガンについて、いろいろと情報を引き出した。北沢は、改造拳銃をほしがるチンピラの筋から、暴力団の拳銃や刀剣の隠匿についても、情報を得ているような様子だった。

それを思い出して、連絡してみる気になったのだ。

しかし北沢の携帯電話は、あいにく留守電になっていた。電話をくれるように伝言を残し、生活安全課へもどった。

フロアの入り口で、立花を引き連れて外出しようとする、小百合と出くわした。

「どこへ行くんだ」

「質屋と古物商回りです」

答える小百合に、梢田は立花を見た。

「きみもか」

「はい。質屋とか古物商で、違法賭博の情報が手にはいるかもしれない、と巡査部長がおっしゃるので」

そんな場所で、ほんとうに情報が取れるかどうか疑わしかったが、何もしないよりはましだ。

小百合に目をもどす。

「係長は」

「田島警部と二人で、お出かけになりました」

「どこへ」

「分かりません。まだ時間が早いし、お昼ということはない、と思いますが」

気の合いそうもない二人が、連れ立ってどこへ行ったのだろう。

そのとき、携帯電話の着信音が鳴った。表示を見ると、北沢からだった。梢田は手を振り、小百合たちに行くように合図して、向かいのトイレにはいった。

「もしもし。北沢ですけど、電話もらいましたか」

「ああ、した。大至急会いたい。今、店か」

「いえ、鷺宮《さぎのみや》のアパートです。今日は休みを取りましてね。映画でも見ようかと思って」

「それなら、映画は夕方からにしろ。昼飯をおごってやる。新宿まで出て来い」

十二時半に、西武新宿駅に接続する新宿プリンスホテルのロビーで、北沢と落ち合った。

「どうも、ご無沙汰《ぶさた》してます」

ぺこぺこと頭を下げる。

北沢は、パンチパーマに奴凧《やっこだこ》のような揉《も》み上《あ》げを生やした、三十代半ばの男だ。今どきはやらない、派手なアロハシャツの袖を一つ折り返し、車引きのようなジーパンをはいている。背が低い上、極端な猫背にがに股とくるから、歩く姿は土蜘蛛《つちぐも》のように見える。

ただし一物だけはりっぱで、若い女にみせびらかしたくなる気持ちも、分からなくはない。明央大学の前で目にしたときは、女子学生と一緒にぽかんと口をあけて、少しの間見入ったのを思い出す。あのおり、まったく顔色を変えなかったのは、小百合だけだった。

梢田は北沢を、二十五階のダイニングバーに連れて行った。

北沢は、そんなところへはいったことがないのか、きょときょとと落ち着かない。もっとも、梢田自身めったに足を踏み入れない場所だから、同じようなものだ。ただ、来慣れているふりをして、ボーイに窓際の眺めのいい席を頼むなどと、注文をつけたりした。

席に着いたものの、靄《もや》が出ている上にあいにくの曇り空で、眺めの方はさっぱりだ。カレーライスを食いたい、と言い張る北沢をなだめすかして、五千円のランチコースを頼む。ひとまず、ビールで乾杯した。

北沢は、探るような目で梢田を見た。

「あたしに大至急会いたいなんて、いったいなんのご用ですか。最近、女子大生相手のお披露目は、いっさいやってませんよ」

「そっちの話じゃない。ガンの話だ」

「ああ、改造ガンね。最近は、遊戯銃の業界団体が協議会を作って、自主規制してます。これ以上、警察の取り締まりが厳しくなったら、死活問題ですからね。違法金属パーツを作ってるのは、もっぱらもぐりの業者ばかりですよ。あたしも、そこまでは手が回らなくて」

梢田はいらいらして、手を振った。

「違う、違う。今日の話は、改造ガンじゃない。本物のチャカの件だ」

北沢は、ぎょっとしたように体を引いた。

「チャカなんて、売ってませんよ、うちの店じゃ」

「そんなことは分かってる。十日以内に、いや、ぎりぎり十二日以内に、チャカを手に入れたいんだ。力を貸してくれ」

「刑事さんはみんな一丁ずつ、持ってるじゃありませんか」

「話をよく聞け。それと、貧乏揺すりはやめろ。テーブルが、がたがたいってるぞ」

「すみません。なんで、チャカが必要なんですか」

「いろいろ事情があって、とにかく一丁押収しなきゃならないんだ。あんたに迷惑はかけない。あんたの知ってる暴力団の筋から、なんとか一丁調達してくれないか。チャカだけでいい。だれも、お縄にするつもりはない」

北沢は腕を組み、分別臭い顔をした。

「いつだったか、新聞で読みましたよ。警察庁の発表でしたかね。確か、拳銃の摘発につながる情報を提供した者には、一丁あたり十万円のご褒美が出る、とか。違いましたかね」

梢田はビールを飲み、しぶしぶ認めた。

「まあ、そういう発表があったのは、事実だ」

ただし、いかにも暴力団やヤクザに対して、銃器類を差し出せば買い取ってやる、と言わぬばかりの姿勢に、警察内部でも批判が出た。一応、所有者の検挙につながることが条件で、単に銃器が押収されただけでは、金は支払われない。むろん、本人が届け出ても、報奨金は出ない。

どちらにせよ、情報や情報提供者の確認手続きがややこしいため、実効はほとんど上がっていない、と聞いている。

梢田は身を乗り出し、声をひそめて言った。

「もし、うまく手に入れてくれたら、十万円出してもいいぞ。非公式に、だが」

先日、万馬券を当てて手に入れた大金が、まだかなり残っている。

ここで点数を稼いでおけば、田島に引き抜かれて本庁へ配転になり、御茶ノ水署におさらばできるかもしれない。

「非公式に、ですか」

「そう、非公式に、だ。逮捕者なし。拳銃だけでいい。あんたの知り合いのチンピラの中に、十万ならチャカを差し出そうというやつが、一人くらいいてもいいだろう」

「さあ、どうですかね。改造ガンなら、なんとかなるけど」

「改造ガンはだめだ。あくまで、本物のチャカを調達するんだ」

スープがくる。

北沢はそれを一口すすり、舌なめずりして言った。

「分かりました。当たってみましょう」

4

一週間たった。

その間、梢田威は何度も北沢昌三に連絡をとり、首尾を聞いた。しかし、もう少し待ってくれの一点張りで、いっこうに進展がない。

成果が上がらないのは、五本松小百合も立花信之介も同じだった。毎日夕方の報告で、田島にねちねちと嫌みを言われ、発破をかけられてばかりいる。ただ一人、斉木斉だけがわれ関せずとばかり、のほほんとしているのがおもしろくない。

立花は、小百合に頼っていてもらちがあかないと悟ったのか、一人で動き回るようになった。

報告によると、面の割れていないバーやスナックをせっせと回り、それとなく賭けごとの話を持ち出し、探りを入れているという。しかし、御茶ノ水署の管内で違法賭博を摘発するのは、ノンキャリアの警視正を探すよりも、はるかにむずかしい。

九日めの火曜日の夕方。

相変わらず、だれも成果なしの報告が終わったあと、田島は梢田だけ会議室に残るように、命令した。

二人きりになると、田島は梢田のテーブルの向かいへ回って来て、折り畳み椅子に逆向きにまたがった。

「婦警や見習いには、おれは何も期待してない。しかし、おまえはそこそこキャリアのある、ベテランのデカだ。このあたりで一花咲かせておかないと、一生巡査長のままで終わるぞ」

少しむっとする。

「お言葉ですが、何度も巡査部長の試験を受けて、もう少しのところまで行ってるんです。ただ試験日が近づくと、いつも係長が自分に忙しい仕事を押しつけて、試験勉強の邪魔をするんですよ。それさえなければ、とうに巡査部長になってるんですが」

「人のせいにするな。ここで成果を上げれば、本庁の生活安全部へ抜擢《ばってき》ということも、ないわけじゃないぞ」

梢田は、背筋を伸ばした。

「ほんとですか、警部」

「ほんとだ。おれだって、指導監督の成果を上げたと認められれば、少しは点数を稼げる。そうでなくても、市毛のやつには後れをとりたくない。その意味でも、おまえにはがんばってもらいたい」

期待していたことが、実現するかもしれないと思ったとたん、ぽっと胸に灯がともった。

しかし、すぐに隙間風が吹く。

「ただ、ご承知のように、御茶ノ水署の管内は」

言いかける梢田を、田島はにべもなくさえぎった。

「道端に、チャカやシャブが転がってる土地柄じゃない、ということは分かってるよ」

「まあ、本物のチャカじゃなくて、改造したモデルガン、ガスガンのたぐいでしたら、摘発できないこともないんですがね」

田島は、鼻の頭の毛穴が数えられそうなほど、ぬっと顔を突き出した。

「おれたちは、おもちゃなんかを探してるんじゃない。あくまで、本物を摘発するんだ。ほんとのところ、あてはないのか。正直に、言ってみろ」

問い詰められて、すぐには答えあぐねる。

北沢の反応は頼りなくて、期日までに拳銃を調達できるかどうか、かなりむずかしそうな雰囲気だ。あまり、楽観的な返事はできない。

「正直なところ、はっきりしためどはついてないんです。いえ、なんとかするつもりでは、いるんですが」

田島は、体を引いた。

「この金曜日で、キャンペーンは終わりだ。それまでに、結果を出せ。市毛の班は、もう成果を上げたらしいぞ」

梢田は、田島の顔を見直した。

「ほんとですか」

「勘で分かるのよ。市毛の野郎が、妙に余裕しゃくしゃくとしていやがる。あれはもう、ポイント一を稼いだ顔だ」

そう言われてみれば、このところ保安一係の連中がなんとなく、活気づいているような気がする。梢田は、少し焦った。

田島が、あらためて身を乗り出す。

鼻と鼻がくっつきそうになったが、かろうじてがまんした。

「木曜日までにめどがつかなかったら、非常手段をとるしかないぞ」

ヤニ臭い息がかかり、梢田はたじろいだ。

「ひ、非常手段といいますと」

「おまえも、ヤクザかチンピラの一人や二人、知ってるだろう。そいつと話をつけて、チャカを調達させるんだ。脅してもいいし、だましてもいい。場合によっては、金を遣ってもいい。もちろん、おまえの金だぞ」

梢田は、一瞬きょとんとして、田島を見返した。

かりにも田島の口から、そんな処方が出るとは思わなかった。本庁から来た、指導監督の立場にある人間が、いんちきをやれとそそのかすとは、どういうことだ。よほど、市毛に負けるのがいやなのか、なりふりかまわず点数を稼ぎたいのか、それともその両方なのか。

どちらにせよ、その手はすでに打ってあります、とはさすがに言えない。

「ええと、それはなんというか、あまり好ましくないやり方だ、と愚考しますが」

一応、探りを入れてみる。

田島は、ぴしゃりと応じた。

「愚考しなくていい。考える方は、おれがやる」

「しかし、ヤクザやチンピラとなあなあになるのは、まずいんじゃないでしょうか」

とにかく建前は、そういうことになっている。

田島は、椅子の背にかけた腕に、顎を載せた。

「あのなあ、梢田。物ごとを、あまり狭苦しく考えちゃいかん。本庁が、銃の摘発情報に金を払うと決めたのを、知らんわけじゃあるまい」

警視庁の刑事が〈本庁〉と呼ぶのは、警察庁のことだ。

「ええ、知ってます。しかし、その辺を歩くサラリーマンやおばさんが、そんな情報を持ってるわけがない。結局、対象はヤクザやチンピラの、暴力団関係者でしょう。そいつらが、たった十万の目腐れ金で、危ない橋を渡ると思いますか」

言い募るうちに、自分が清廉潔白な模範刑事のような気がしてきて、梢田は思わず鼻をふくらませた。

田島は唇を引き締め、腕を組んでふんぞり返った。

「おまえ、意外と頭が固いな。署長の話によると、おまえは酸いも甘いも嚙《か》み分けた、物分かりのいいデカだと聞いたがな」

背筋がくすぐったくなる。

「そりゃまあ、そうありたいと願ってはいますがね」

田島はまた身を乗り出し、椅子の背に腕を置いた。

「おまえに、そういうヤクザチンピラの知り合いがいないなら、おれが紹介してやってもいい」

梢田はますます驚き、田島の顔色をうかがった。

「と、おっしゃいますと」

「おまえのために、便宜を図ってくれるやつを紹介してやる、と言ってるんだよ」

「はあ」

梢田は生返事をして、田島の言葉を待った。

田島が、さらに顔を近づける。

「木曜の夕方までに、おまえの方でめどをつけられなかったら、向こうから連絡をとらせる。ケータイの番号を教えろ」

少しためらう。

しかし、ここで逆らうと異動の目がなくなる、と思い直した。指導監督官がそう言うなら、断る手はないだろう。

梢田は正直に番号を教え、田島はそれを手帳にメモした。

「よし。相手は、上野《うえの》に縄張りを持つ三力組《さんりきぐみ》の中堅幹部で、桜井《さくらい》という男だ。そいつに頼めば、相談に乗ってくれる。まあ、木曜までにおまえの方でめどをつけられれば、それに越したことはないがな。とにかく、成果ゼロで終わったら、ただではすまさんぞ」

会議室を出た梢田は、廊下でしばらく考えを巡らしたあと、トイレにはいった。

斉木の携帯電話に、電話する。幸い、留守電にはなっていなかった。

「なんの用だ。署内でケータイを使うな、と言ったろう」

「緊急に、相談したいことが持ち上がったんだ。署の近くはまずい。三十分後に、〈木魚のつぶやき〉へ来てくれないか。一杯やりながら、話をしようぜ」

「おまえのおごりならな」

「分かった、おごる」

斉木は驚いたらしく、一瞬絶句した。

それから、おもむろに言う。

「このやろう。そんな金があるところをみると、競馬で当てたな」

さすがに、勘が鋭い。

しかし正直に言うと、際限もなくたかられる恐れがある。

「いや、競馬じゃない。遠い親戚が死んで、形見分けにロ－レックスをもらった。質屋に持って行ったら、二万になったんだ」

「たった二万だと。どこのロ－レックスだ」

「とにかく、おごるから来てくれ」

強引に通話を切る。

梢田は一人で駿河台下におり、バー〈木魚のつぶやき〉に行った。

ママの桐生夏野《きりゅうかの》が、それがお気に入りの真っ赤なドレスを着込み、長いキセルで煙草を吸っていた。

「あら、お久しぶり」

時間が早く、まだだれも客がいない。

「二階を借りるぞ。あとから、斉木が来る」

「また密談ですか」

夏野はわけ知り顔で言い、酒の支度を始めた。

二階に畳敷きの、小さな部屋がある。水割りも焼酎割りも、自分で作らなければならないが、邪魔がはいらないのでときどき使うのだ。腹が減ったら、近くの寿司屋《すしや》や小料理屋から、出前を取ることもできる。

はしごのような、急な階段を伝って二階に上がった。床の間に掛け軸、茶簞笥《ちゃだんす》に衝立《ついたて》もある、いかにも古風な造りの和室で、長押《なげし》の上には扁額《へんがく》までかかっている。

斉木にしては珍しく、ぴったり三十分後にやって来た。

斉木は当然のように、水割りのセットを運んで来た夏野に、寿司の特上を大桶《おおおけ》で三人前、注文した。

最初の水割りを作り、夏野が下へおりて行ったところで、斉木が言う。

「相当深刻な相談だな」

「なぜだ」

「寿司を頼んでも、文句を言わないからだ」

まったく、食えない男だ。

「こいつは業務上の相談だから、別にあんたに寿司をおごる義理はないんだ。まあ、たまには昔なじみのよしみで、おごってやろうと思ってな」

斉木は疑わしげな顔で、梢田をじっと見た。

「何を考えてるんだ。配置転換の願いは、受け取らないぞ。出しても、握りつぶす」

「そんなんじゃない。実は、田島警部のことなんだ」

梢田は、先刻会議室で交わした田島とのやり取りを、詳しく話して聞かせた。

聞き終わると、斉木は唇をすぼめて天井を睨み、おもむろに言った。

「それは、おれが最初におまえにアドバイスしたのと、同じことじゃないか」

あれをアドバイス、というか。

「そうだ、同じことだ。言うのがあんたなら、おれも納得する。しかし、〈特別保安強化キャンペーン〉の指導監督官が、そんないんちきを勧めていいのか。いくら、市毛警部に負けたくないとか、点数を稼ぎたいとかいっても、やりすぎだろう」

「田島の手を借りなくても、おまえが自分の才覚で調達すれば、問題ないはずだぞ」

「実はおれも、初日から手を打ってるんだ。しかし今のところ、色よい返事がなくてな。このままじゃ、時間切れになっちまう。警部の助けを借りないと、どうにもならない状況だ。どう思うね。手を借りるべきかな」

斉木はそれを無視して、別のことを聞いた。

「田島のやつ、ほかに何か言わなかったか」

梢田は、少し考えた。

「まあ、この一件でおれが成果を上げたら、本庁に引き立ててやってもいい、とは言ったがな」

斉木の目が光るのを見て、梢田はまずいことを口にした、と後悔した。

「おまえ、本庁に上がりたいのか」

「いや、つまりその、おれが言ったわけじゃない。警部が、そう言っただけだ」

「おまえも、それを望んでるんだろう」

追及されて、口ごもる。

「そりゃまあ、望んでないわけじゃないが、こんなやり方で手柄を立てても、後味が悪いからなあ」

斉木が、大きくうなずく。

「そのとおりだ。それが、まともな感覚だ」

梢田は驚いて、斉木の顔を見直した。

斉木が、しれっとして続ける。

「ヤクザチンピラと情を通じて、チャカを押収してみせるような真似《まね》は、まっとうなデカのすることじゃない。おれは反対だ」

梢田は、斉木のあまりの変わり身の早さに、あきれた。

「そりゃ、どういうことだ。おれが本庁に上がるのが、そんなにおもしろくないか」

食ってかかると、斉木は両手を立てて押しとどめた。

「まあ、落ち着け。ものには、順序がある。本庁へ上がるとすれば、おれの方が当然先だ。そうなった暁には、おまえを引き上げてやる。それで、文句はあるまい」

梢田は首を振り、酒を飲んだ。

「どっちにしても、おれがチャカを手に入れないことには、あんたの点数にもならんわけだ。ここは一つ、田島の指示どおり桜井とかいうヤクザに頼んで、チャカを調達してもらう方がよくないか」

夏野が、寿司を運んで来た。

座卓に桶が置かれるが早いか、斉木は三つあるウニのうち二つを箸でさらい、醬油《しょうゆ》もつけずに口にほうり込んだ。

梢田もあわてて、残る一つを確保する。まったく、油断も隙もあったものではない。

斉木が、トロを二つ搔《か》き寄せている間に、梢田は好きなアナゴを二つ食べてしまった。

三人前取ると、いつも喧嘩《けんか》になるのだ。

ひとしきり食べたあと、斉木はようやく話にもどった。

「まあ、おれはあまり勧めたくないが、この際田島の言うとおりにしても、ばちは当たらないだろう。ありがたく、志を頂戴しておけ」

5

木曜日の夕方。

北沢昌三から、結局拳銃を調達できるめどがつかなかった、と詫《わ》びの電話がはいった。

梢田威は落胆したが、半分あきらめていたこともあって、北沢を責めはしなかった。

午後五時からの報告会で、梢田と立花信之介はこれまでのところ、課題をクリアできていないことを、田島警部に報告した。

五本松小百合は二日前、とちの木通りの骨董店《こっとうてん》〈茶水庵《ちゃすいあん》〉の協力で、盗難届が出ていた仁清《にんせい》作の色絵香炉と、許可登録のない古式銃一丁の合わせて二点を発見、回収した。

きっかけは店主の、青柳勘助《あおやぎかんすけ》の通報によるものだった。

中でも仁清の香炉は、かなりの値打ちものといえた。

青柳は、小百合が以前渡した盗品リストの中に、その香炉があるのを承知していた。そこで売りに来た男に、金を用意するから翌日もう一度来るように言い、小百合に通報したという次第だった。男は翌日、出直して来たところを拘束された。男の供述によれば、香炉は別の男から売りつけられたものだといい、捜査の結果男は盗んだ当人ではないことが、判明した。犯人はまだつかまらないが、ともかく貴重な骨董品がもどったのは上々で、小百合の手柄には違いなかった。

会議室を出て行くとき、田島警部は明日が期限だぞと念を押すように、梢田に意味ありげな視線を送ってきた。立花に対しては、何も言わなかった。警察大学校を出たてのキャリアに、たいして期待はしていないのだろう。

梢田は斉木を誘い、御茶ノ水駅前の中華料理店に行って、ラーメンを食べた。

食べている最中に、携帯電話が鳴った。店の外へ出て話す。

「御茶ノ水署の、梢田さんですか」

野太い声だ。

「そうだ」

「三力組の桜井です。田島さんに聞いたんですが、何かお役に立てることがあるとか。ご相談に乗りますよ」

田島が言ったとおりだ。

こうなったら、話に乗るしかない。

「そうか。それじゃ、チャカを一丁調達してくれ」

「チャカね。高いですよ」

「十万までなら、即金で払う」

「本庁と同じ相場ですね。いいでしょう、調達します。今夜でもいいですが、どうしますか」

「こっちも、早いほどいい。場所と時間を、指定してくれ」

「それじゃ今夜午前零時に、湯島天神の境内でどうですか。あそこは狭いし、その時間にはだれもいませんから、お互いに見落としっこないですよ」

「分かった。ものはなんだ。トカレフかスターか、それともブローニングか」

「トカレフです。十万を忘れずに、キャッシュでお願いします」

「そっちこそ、おもちゃなんかつかませやがったら、ただじゃおかんぞ」

桜井は、耳障りな声で笑った。

「こっちも、偽札はごめんこうむります。それと、言うまでもないことですがね、一人で来てくださいよ。間違っても、手錠をかけようなんて、思わないことですね。こっちはバックに、田島の旦那がついてるんだから」

田島の飼い犬の一人と、やばい取引をするのかと思うと気が滅入《めい》るが、しかたがない。

「分かってる。じゃあな」

電話を切り、店内にもどる。

斉木が、好奇心をまる出しにして、聞いた。

「三力組の、桜井か」

「そうだ。少なくとも、そう名乗った」

「いつ、どこで受け取るんだ」

「今夜だ。午前零時に、湯島天神の境内で落ち合う」

「いくらで調達する、と言った」

「十万だ」

「そんな金が、どこにある。また、偽物のローレックスか」

梢田は、少し考えた。あくまで、万馬券を当てたことだけは、知られたくない。

「いや。今度は、伯母に借りるさ」

斉木が、目をぎょろりとさせる。

「おまえに、そんな金回りのいい伯母がいたなんて、初耳だぞ」

「最近、久しぶりに消息が知れてね。かわいがってくれるんだ」

斉木は、まったく信じていないという顔つきで、ラーメンのつゆをすすった。

「しかし、その伯母さんとやらも今日の今じゃ、用立てられないだろう」

「だったら、あんたが出してくれるか」

梢田が逆《さか》ねじを食わせると、斉木はつゆを噴きこぼしそうになった。

「なんでおれが、おまえのために金を出さなきゃならないんだ」

「おれの手柄は、あんたの手柄だろう。おれより先に、本庁へ上がりたいんじゃないのか」

「本庁はな、十万で買えるほど安くないんだ」

斉木は言い捨て、口元を手の甲でぬぐった。

むろん梢田も、よもや斉木がそんな大金を出すなどとは、毛ほども期待していない。話を変える。

「しかしあの田島って警部も、食えない男だな。ヤクザから、おれにチャカを売りつけさせておいて、その上前でもはねようってのかな」

斉木は、鼻で笑った。

「いくら田島でも、そんなけちなことはやらんだろう」

「そうかな。田島は、おれが買い取ったチャカを召し上げて、桜井の手にもどす。そいつを、また別のデカに売りつける。それを繰り返せば、一丁のチャカでそこそこの小遣い稼ぎができるんじゃないか」

斉木は興味なさそうに、ラーメンのつゆを飲み干した。

「まあ、五本松がいくらか点数を稼いでくれたから、おまえや立花が得点ゼロでも、おれの評価には影響がない。田島のご機嫌を取るのがいやなら、チャカの調達はやめてもいいぞ」

その言い方は、別に強がりでもなさそうだった。

「ほんとに、やめてもいいのか」

「ああ、好きにしろ。おれも田島は、虫がすかん」

「初日の午前中、二人でどこかへ出かけて行ったと、五本松が言ってたぞ。内密の話があったんじゃないのか」

「別に、何もない。内密ならぬアンミツを、おごらされただけだ」

「アンミツだと」

「そうだ。コーヒーは嫌いだが、アンミツは好きだとよ。しかたがないから、〈竹むら〉へ連れて行って、食わせてやった。田島のやつ、一人で二人前食いやがった。締めて、二千四十円の出費だ」

梢田は笑った。

〈竹むら〉は神田須田町《すだちょう》にあって、昭和初年に開店したままのたたずまいを誇る、有名な甘味処だ。辛党の梢田も、年に何度かは足を運ぶ。

斉木は、楊枝《ようじ》を使いながら、席を立った。

「そんなわけで、おれも近ごろ懐具合が苦しい。ここの勘定は、おまえに任せる」

「おい、それはないだろう。割り勘が原則だぞ」

「かわいがってくれる伯母さんに、小遣いをもらえばいいじゃないか」

そう言い残して、さっさと店を出て行く。

しかたなく、梢田は二人分のラーメン代を払って、外へ出た。

一度署へもどり、斉木に見つからないように細心の注意を払って、個人用のロッカーに隠した金の中から、十万円を抜いた。

出がけにフロアをのぞくと、斉木はデスクに足を上げて競馬新聞を読み、小百合はパソコンに向かっていた。立花の姿はなかった。

梢田は、そのまま挨拶もせずに署を抜け出し、神保町へおりた。

午前零時までには、まだだいぶ間がある。すずらん通りのパチスロ店で、時間をつぶすことにした。

うまい具合に、コインがなくなりそうになると当たり出し、受け皿があふれると当たらなくなる。それを何度か繰り返すうちに、二時間ほどがあっという間に過ぎた。

小腹がすき、喉も渇いた。少しくらい、ガソリンを入れてもいいだろう。

パチスロ店を出て、〈木魚のつぶやき〉に行った。

客はカウンターの隅で話し込む、二人の中年男だけだった。どうやら、近所の古書店のおやじらしい。

桐生夏野が、黙って焼酎のお湯割りを作ってくれた。

グラスを前に置き、つくづくと梢田を見る。

「珍しいですね、週に二回もお見えになるなんて。それも、お一人で」

「係長と一緒だと、肩が凝るからな」

「でも、なんだか浮かない顔みたい。何かあったんですか」

夏野に指摘されて、梢田は背筋を起こした。やはり、顔に出るらしい。

「まあな。これから、あまり気の進まない用件で、人と会わなくちゃならないのさ」

「お仕事ですか」

梢田は、少し考えた。そう、これは仕事だ。

「そんなとこだ。ちょっと、小腹がすいた。何かないか」

「肉ジャガがありますけど」

「それでいい」

隅の二人は、なんとかサンジンの掛け軸とやらを話題に、盛り上がっている。なんでも偽物が多く、本物とほとんど区別がつかないために、ごちゃまぜで安く市場に出るのだそうだ。

夏野に小声で聞く。

「なんとかサンジンって、だれのことだ」

「ショクサンジンですか」

「ああ、それだ。そう聞こえた。何者だ」

夏野は顎を引き、あまり気の進まない口調で言った。

「確か、ずっと昔の人じゃないかしら」

「昔の人。すると、クロマニヨン人みたいなものか」

夏野が、あきれたように目をみはる。

「クロマニヨン人を知ってて、ショクサンジンを知らないんですか」

「悪いか。おれは子供のころ、クロマニヨン人と呼ばれてたんだ。ごつい体格をしてたからな」

がらがらと引き戸があき、だれかはいって来た。

「あれ、梢田先輩じゃないですか」

その声に見返ると、立花が立っていた。

6

立花信之介は、戸口をくぐって中にはいった。

梢田威の隣のストゥールに、どしんと腰を下ろす。

「おい、気をつけろ。椅子が壊れるぞ」

「すみません、先輩。近所で飲んで来たものですから、ちょっと酔ってるんですよ」

「珍しいな。酔ってるとこなんか、見た覚えがないぞ」

「そりゃぼくだって、酔うことはありますよ。いけませんか」

「別に悪くはないが、立場上ほどほどにしといた方がいい」

「ほどほどなんて、梢田先輩の口から聞きたくありませんね。とことんやるのが、先輩のやり方でしょう」

そう言いながら、もたれかかってくる。どうも、悪酔いしているようだ。

「きみにもたれかかられると、肩が重くなるんだがね」

「おっと、すみません」

立花は体を引き、危うく反対側に倒れそうになって、踏みとどまった。

「でも、ここでお会いできるとは、思いませんでした。今夜はとことん、付き合ってもらいたいな。いいでしょう、先輩」

「分かった、分かった。分かったから、水でも飲め」

「水なんか、飲んでられますか。先輩が飲んでるのを、ぼくも飲みます。ママ、お願いね」

夏野は肩をすくめて、焼酎のお湯割りをこしらえた。

立花はそれを、一息に半分飲んでしまった。

「おい、もう少しゆっくり飲め」

梢田がたしなめると、立花はぶるんと体を震わせた。

「だいじょうぶ。ぼくは背が高いので、酒の回りも遅いんです。胃袋に落ちるまでに、だいぶ時間がかかりますからね」

そんな調子で、またたく間に時間がたってしまった。

壁の柱時計を見ると、すでに十一時を回っている。

「それじゃ、おれは先に帰るからな。きみも、いいかげんにしておけよ」

立花は、きっとなって梢田を見た。

「帰るだなんて、それはないでしょう、先輩。とことん付き合う、と約束したのに」

「約束なんか、してない。おれはちょっと、別件があるんだ」

「こんな時間に、ですか。分かった。女でしょう」

「違う、違う。ママ、お勘定ね」

「この次でけっこうですよ。うまくやっておきますから」

夏野はそう言って、立花の方にちらりと目配せした。

「分かった。あとは任せるよ」

梢田は、まとわりつく立花を押しもどして、店を出た。

湯島天神は、タクシーで行けば十分足らずの距離だが、時間があるので歩くことにする。御茶ノ水駅前から聖橋を渡り、蔵前橋《くらまえばし》通りを突っ切って清水坂をのぼった、突き当たりにある。

明大通りをのぼり始めたとき、後ろから大声で呼ばれた。

「先輩、待ってくださいよう」

振り返ると、立花が足をもつれさせながら、追いかけて来る。

梢田は舌打ちしたが、しかたなく立ち止まった。

追いつくなり、立花は死んでも離すまいというように、梢田の二の腕をがっきととらえた。

「彼女に、会いに行くんでしょう。紹介してくださいよ、ぼくにも」

「女じゃないと、そう言っただろう。だいじな用で、人と会わなきゃならないんだ。いいから、きみは車を拾って帰れよ」

立花はますます強く、梢田の腕をつかんだ。

「いや、帰りません。今夜はとことん、先輩に付き合いますから」

「付き合わなくていい。その手を離してくれ」

「離すもんですか」

こんなところで、押し問答をしているわけにいかない。

しかたなく梢田は、立花に腕をしっかりつかまれたまま、歩き出した。なんとか、途中でまかなければならない。

御茶ノ水駅に沿って、聖橋に向かう。

「この辺の飲み屋は、全部店じまいしてますよ。どこへ行くんですか」

立花は、ふらふらしながらも、ちゃんとついて来る。なにしろ足が長いから、酔っていても歩くのは速いのだ。

「飲み屋じゃない。ほっといてくれ」

「ほっとけませんね、だいじな先輩を。で、彼女は美人なんですか」

「彼女じゃないって、何度言ったら分かるんだ」

聖橋を渡り始めた。

立花が急に足を止めたので、梢田はぐいと引っ張られる格好になり、たたらを踏んだ。

「いやあ、こんな時間にこの橋を渡るのは初めてだけど、いい眺めじゃないですか。あれは、新宿の高層ビルですかね」

「ああ、そうだ。きみはここで、しばらく夜景を見物していろ。おれは、ちょっとひとっ走り行って、用をすませて来る。すぐもどるから、待っててくれ」

「そんなこと言って、逃げる気でしょうが。こう見えても、ぼくは酔ってなんかいないんです。この手は、何があっても離しませんから」

くそ。

梢田は腹の中でののしり、立花を引きずるように歩き出した。

橋を渡って、くだり坂にはいる。蔵前橋通りの信号を渡ると、今度は清水坂の長いのぼりだった。これを五百メートルほど行くと、突き当たりに湯島天神がある。

そろそろまかないと、めんどうなことになる。連れがいると分かったら、桜井は出てこないかもしれない。

立花を引きずって来たために、思いのほか時間がかかってしまった。午前零時ぎりぎりになりそうだ。

神社まで、あと三百メートルほどの三組坂上《みくみさかうえ》まで来たとき、立花が大きなくしゃみをした。

その拍子に、腕をつかんでいた手が離れたので、梢田はすばやく駆け出した。すると立花は、とても酔っているとは思えぬ素早さで追って来て、梢田の肩をむずとつかんだ。

梢田は振り向き、立花に食ってかかった。

「しつこいぞ。これ以上ついて来ると、保安二係からおっぽり出すからな」

それを聞くなり、立花は突然喉をおえっ、おえっと鳴らして、梢田の頭の上に吐きそうな気配をみせた。梢田はあわてて、立花を振り放した。

「せ、先輩。急に走ったら、気分が悪くなりました。ちょっと、背中をさすってくれませんか」

「甘ったれるんじゃない」

梢田はそのまま行こうとしたが、背後で立花がさかんにおえっ、おえっとやるので、また足を止めた。

まったく、手間のかかる若造だ。

しかたなく、観光地の石碑ほどもありそうな、立花の大きな背中をさすってやる。そうしながら、さりげなく腕時計に目をやると、すでに午前零時を一分過ぎていた。

「いかん。それじゃ、おだいじに」

梢田は、その場に立花を置き去りにして、小走りに湯島天神に向かった。排水溝に身をかがめた立花は、さすがに追って来ようとしなかった。

鳥居をくぐり、暗い境内にはいる。街灯はついているが、隅ずみまで照らすほどには、明るくない。人影はなかった。

もう一度、腕時計をすかして見る。

零時五分過ぎだ。五分も待てぬ、ということはないだろう。

社殿の横手へ回る。そこを抜ければ、切通坂《きりどおしざか》へおりる階段がある。やはり、人影はなかった。まだ、来ていないのか。それとも、帰ってしまったのか。

きびすを巡らそうとしたとき、社殿の横手の暗がりにぼんやりと、何か黒いものが横たわっているのが、目にはいった。

近づいてみると、だれかが倒れていた。

生唾をのみ込み、そろそろと近寄る。遠い街灯の明かりに、髪を短く刈り上げた中年の男の顔が、浮かび上がった。黒の革ジャンに、黒のスラックスをはいている。男は、だらしなく口をあけたまま、気を失っていた。出血のあとはなく、胸がゆるやかに上下する様子を見れば、死んではいないようだ。ただこめかみのあたりが、赤黒く腫れているようだ。

その風貌から、三力組の桜井だろうと見当をつける。しかし、だれにやられたのだろう。

あたりを見回したが、何も落ちていない。かりに、桜井が拳銃を持って来たとしても、だれかに奪い去られたようだ。

ポケットを探ったが、財布も手帳も持っていない。

携帯電話が手に触れたので、引っ張り出そうとした。

「梢田さんがやったんですか」

突然背後から声をかけられ、梢田は飛び上がった。

立花が、肩越しにのぞき込んでいる。

梢田はため息をつき、額の汗をぬぐった。

「びっくりさせるな。おれがやったんじゃない。ここへ来たら、倒れてたんだ」

立花は背筋を伸ばし、親指と人差し指で顎をなでた。

「ははあ。梢田さんはこの男から、拳銃を調達しようとしたんじゃありませんか。どう見ても、ヤクザですからね、こいつは」

「だったら、どうだと言うんだ」

半分やけになって、梢田は開き直った。

「それって、やばいですよ。ばれたら、懲戒免職になるかもしれない」

そのとき、男が大きなため息をついて、身動きした。

梢田は男を抱え起こし、地面にすわらせた。

「だいじょうぶか」

「あ、ああ。だいじょうぶだ」

その声は、電話で聞いた桜井に、間違いなかった。

「桜井だな」

「そうだ」

桜井は応じて、頭を振った。こめかみを押さえ、顔をしかめる。

「梢田だ。チャカはどうした」

梢田が聞いたとき、どこかで電子音が鳴り始めた。

桜井は、あわてて革ジャンのポケットに手を入れ、携帯電話を引っ張り出した。

「もしもし」

応じた桜井の顔が、すこしずつこわばっていく。

一言も言葉を発せずに、相手の言うことに耳を傾けていた。その間に、ポケットのあちこちに手を突っ込み、所持品を確かめる。顔が歪《ゆが》んだところをみると、全部なくなっていることに気づいたらしい。

「分かった」

最後にそれだけ言って、通話を切る。

「だれからだ」

梢田が聞くと、桜井は頰の筋をぴくぴくさせただけで、返事をしなかった。

「だれにやられた」

その問いに、桜井は初めて梢田の顔を、まともに見た。

「あんたがやらせたんじゃねえのか」

「ばかを言うな。そうだとしたら、ここへ来ておまえを助け起こしたりしない。チャカはどうした」

桜井はすわり込んだまま、無意識のようにあたりを見回した。

「そいつに持っていかれたらしい」

「だれにやられたんだ」

もう一度聞くと、桜井はちょっとためらってから、しぶしぶのように答えた。

「分からねえ。たぶん、女じゃねえかと思うんだが」

「女だって」

立花が背後で、すっとんきょうな声を出す。

桜井は、初めて気がついたというように、立花を見上げた。

梢田は桜井の顎をつかみ、無理やり自分の方を向かせた。

「どんな女だ」

「暗くて、よくは見えなかったが、ライオンのたてがみそっくりの、ぼさぼさの茶髪をした厚化粧の女だ。猫のようにすばしこくて、すごい蹴りを入れられた。ここと、ここにな」

後頭部と、こめかみを指す。

それを聞いて、梢田は自分も頭をがんとやられたような、軽いショックを受けた。

その女は、以前五本松小百合がおりに触れて変身した、松本ユリの風貌にそっくりだった。

小百合は、何か表向きにできないトラブルにぶつかると、格闘技にたけたユリに変身する癖がある。一目見ただけでは、同一人物と分からないところが、みそなのだ。

だいぶ前、そのユリに斉木斉が惚《ほ》れ込んでしまうという、困った事態が発生した。

そのため、ユリは斉木に正体がばれないうちに、アフリカのブルキナファソへ移住した、という名目で姿を消すことにした。

それ以来、ユリは少なくとも斉木の目の前に現れないように、気をつけているのだ。

そのユリに、小百合が久しぶりに変身したとなると、これはもうただごとではない。

「何者ですかね、その女。大の男を、二発でのしてしまうとなると、たいへんな遣い手ですよ」

何も知らない立花が、感心したように言う。

梢田は立ち上がり、桜井に言った。

「どっちにしても、あんたがチャカを持ってないんじゃ、この取引はおじゃんだな。やられ損で気の毒だが、お先に失礼させてもらうぞ」

梢田は立花に顎をしゃくり、表の境内の方に引き返した。

7

金曜日の午後五時。

梢田威は斉木斉、五本松小百合、立花信之介とともに、会議室にはいった。

初日と同じように、デコラのテーブルがコの字形に並べられ、三上俊一署長を挟んで市毛、田島の両警部の姿がある。

保安一係も、大西哲也以下五人の刑事が雁首を揃え、席に着いていた。

三上が口を開く。

「さて、十二日間のキャンペーンも、本日をもって終了した。それぞれの成果を、係長の方から報告してもらいたい。まず、保安一係から」

一係長の大西が、得意げな顔で始める。

「一係は、いわゆるチームプレーで仕事をするのを、モットーとしております。したがって、今回ご報告する成果についても、所属員個人ではなくチーム全体の手柄として、ご認識いただきたいと思います」

大西の報告によると、一係が十二日間のうちに上げた成果は、次のとおりだった。

盗難届の出た高級時計、ネックレスの質屋での発見回収、各一点。

午後十時以降に、十八歳未満の少年を単独で入店させた、カラオケスナックの摘発、一件。

店内で、客が花札賭博をするのを黙認した、バーの摘発、一件。

パチスロ店における、所有者不明のコカイン二・五グラムがはいった、のど飴《あめ》用缶容器の発見回収、一件。

三上が、市毛にうなずきかける。

「それでは、市毛警部の方から、講評をお願いします」

市毛は眼鏡を光らせ、手元の書類に目を落とした。

「この中で、曲がりなりにも成果と認められるのは、最初の質屋での盗難品回収だけですな」

大西は、不意打ちを食らったように愕然《がくぜん》として、市毛を見返した。

「そ、それはどういうことでしょうか」

部下の刑事たちも、動揺の色を見せる。

市毛は目を上げた。

「わたしの調査によると、二番目の十八歳未満の少年が入店したカラオケスナックは、当該少年の母親が営業する店だということが、判明している。つまり少年は、塾の帰りにそこへ食事を取るために、寄ったにすぎない。それをとがめるのは、酷というものだろう。三番目は、単に客が花札賭博をしていたという、バーの店主の供述があるだけだ。賭博をしていた者も、特定されていない。店主に、あとあとの便宜供与を約束して、その旨供述するように強要した疑いがある。現に、摘発といいながら、単なる警告ですませています」

大西はハンカチを出し、口に当てて咳払いをした。

部下たちが、いかにもばつの悪そうな様子で、そわそわする。

市毛は続けた。

「最後のコカインも、うなずけないものがある。のど飴の容器を、管内のパチスロ店〈銀河〉のトイレで発見したというが、そんな偶然は百に一つもないだろう。また、だれかがそんなところに置き忘れることは、これまた百に一つもないと断言できる。つまり、両方併せて万に一つの可能性もない、ということになる。クスリの事件は、所有者を現行犯逮捕しないかぎり、信用できないね。あなたたちが、以前別件で押収した証拠品の中から、こっそりプールしておいたのを出してきた、と見られてもしかたがないだろう」

大西はすわったまま、気をつけをした。

「ま、まさか、そんなことをするわけがありません」

「そう疑われないように、きちんと報告を上げてもらいたい」

市毛に言われて、さらに背筋を伸ばす。

「われわれは、ご期待にこたえようとして必死にですね、管内を駆けずり回って」

しゃべっている途中なのに、市毛は容赦なく書類を閉じて言った。

「以上、講評を終わります。田島警部、どうぞ」

三上が、思わぬ結果に不機嫌の色を隠さず、ぐいと唇を引き結んだ。

それから、いかにもしぶしぶという感じで、田島を見る。

「では、二係の方を頼む」

田島は、いくらか落ち着きのないしぐさで、手元の書類を眺めた。

「ええと、二係の方はほとんど成果が上がってないので、わたしの方から報告しましょう。というか、成果を上げたのは五本松巡査部長一人で、盗難届が出ていた仁清作の色絵香炉と、次いで許可登録をしていない古式銃を各一点、管内の〈茶水庵〉という骨董店で発見、回収しています。香炉は金額的に高価なものだし、古式銃の回収も昨今の拳銃規制からみて、重要な意味を持っている。ともに、評価できる結果です」

大西が、さも悔しそうに斉木を睨むと、斉木はいかにも勝ち誇った顔で、大西を見返す。

「というわけで、二係の成果はこれで終わりだが、ほかに申告したいことは」

田島はそう言って、物問いたげに梢田を見た。

梢田は、おもむろにポケットに手を入れ、油紙の包みを取り出した。

「報告が遅れましたが、自分は管内の某所から所有者不明の拳銃を一丁、回収しました」

三上の顔が、にわかに輝く。

田島は眉を上下に動かし、さりげない口調で聞き返した。

「いつのことかね」

「ゆうべです」

実は、今朝のことだ。

田島は、笑いをこらえるように頬をぴくりとさせ、少しの間梢田を見つめた。

それから、おもむろに言う。

「どこで、どうやって手に入れたのか、差し支えなければ聞かせてもらいたいな」

「ゆうべ遅く、二係の直通電話に匿名の電話が、かかってきましてね。自分は、さる暴力団の準構成員だが、ヤクザな生活に嫌気が差した。ついては、持っている拳銃を警察に提出して、足を洗いたい。ただし、取り調べを受けるのはいやだ。拳銃を小さな段ボール箱に入れて、御茶ノ水駅から線路沿いに昌平橋《しょうへいばし》の方へくだる、淡路坂の途中の植え込みに置いておくから、適当に処分してほしい、と言うんです」

田島は、にっと笑った。

「ほう。もっともらしい筋書きを、考え出したものだな」

梢田も、そう思う。

田島は、なおも少しの間にやにやしていたが、急に眉を寄せて険しい表情になった。

「とうとうぼろを出したな、梢田」

その口調の激しさに、三上が驚いて椅子をがたり、と鳴らす。

「それはどういうことですか、田島警部」

梢田がとぼけて聞き返すと、田島は目に陰険な色をたたえて言った。

「おまえはそのトカレフを、三力組の桜井という男から買ったんだろう」

「三力組。桜井。さあ、とんと覚えがありませんね、自分には」

三上が割ってはいる。

「ちょっと待ちたまえ、田島警部。これはいったい、どういうことかね」

田島はそれに取り合わず、なおも言い募った。

「自力で拳銃を摘発できないので、暴力団員から不正に入手したんだ。否定してもむだだぞ」

梢田は、こめかみを掻いた。

「警部は、その目でごらんになったようなことをおっしゃいますが、どうしてそうだと断言できるんですか」

田島は、あきれたと言わぬばかりに首を振り、強い口調で言った。

「とぼけなくてもいい。おれがそうしろと、そそのかしたんだからな」

三上が、ぽかんと口をあける。

梢田は、とっておきの笑みを浮かべて、言い返した。

「すると警部は、自分に違法行為をするようにそそのかしたあげく、今は逆にそれをとがめるとおっしゃるんですか」

「そのとおりだ。おまえは、おれの話を断ることもできたし、事実一度は断った。しかし、結局は誘惑に負けて、話に乗っちまった。言い訳は許さんぞ」

「自分には、いっこうに覚えがありませんね。何か証拠がありますか」

「往生際の悪いやつだな、梢田。三力組の桜井は、暴力団員なんかじゃない。おれと同じ、本庁生活安全特捜隊の隊員だ。おれが因果を含めて、おとりを務めさせたのさ。簡単に悪い誘惑に乗って、警察官としての誇りを失うような奴《やっ》に、職務はまっとうできん。今回の、特別キャンペーンの目的の一つは、おまえのようなはみ出し者を、あぶり出すことだったんだ。これも一罰百戒、ほかの警察官への見せしめだ」

三上が、顔を赤くして言う。

「そういう話は、いっさい聞いていないぞ」

田島は、冷たい目で三上を見た。

「これは、監察の方からの特命でしてね。署長にも黙っているように、言われたんです」

梢田は咳払いをして、田島の注意を引いた。

「くどいようですが、聞かせてください。その桜井さんとやらが、自分にトカレフを渡したと、そう言ってるんですか」

わずかに、田島がたじろぐ。

「まだ報告を受けてないが、そういう段取りになっていた」

「それは、何かの間違いでしょう。これを見てください」

油紙に包んだ拳銃を、斉木に差し出す。

斉木は、例によってわれ関せずという顔で、それを田島に回した。

田島は眉根を寄せ、油紙を開いて拳銃を取り出した。

とたんに、顔色が変わる。

「こ、これは」

「そうですよ、警部。その拳銃は、トカレフじゃない。スペイン製の、スターです。自分はそれを、淡路坂から回収してきました」

梢田が言うと、端の席から立花がだめを押すように、付け加えた。

「わたしも同行しましたから、間違いありませんよ、警部」

田島は言葉を失い、梢田を睨んだ。

小百合が、三上に向かって言う。

「こういうやり方は、フェアじゃないんじゃないでしょうか、署長。かりに、梢田巡査長が田島警部の話に乗ったとしても、責めることはできないと思います。むしろわたしは、話に乗らなかった巡査長を、ほめて差し上げたいくらいです」

　梢田はくすぐったくなり、爪を調べるふりをした。

　三上が、むずかしい顔で田島を見る。

「監察の意図も分からないではないが、こんなやり方はかえって罪作りではないか。梢田君が、きみの話に乗らなかったからよかったようなものの、警察官同士でおとり捜査をしかけるのは、仁義にはずれているぞ」

　田島は憮然《ぶぜん》として、拳銃をテーブルに投げ出した。

「そんなことは、監察に言ってください。わたしはただ、職務を果たしただけですから」

「そうやって、はみ出し者を一人あぶり出すごとに、点数を稼ぐというわけですな」

　斉木がぽつりと言い、田島は真っ赤になった。

　また立花が、口を出す。

「いや、おもしろい経験をさせてもらいました。わたしも、近いうちに研修を終えて警察庁へ上がりますが、この一件をよく覚えておきましょう」

　田島の顔が、今度は青くなる。

無理やり、笑みを浮かべて言った。

「いや、おれは最初から梢田君を、骨のあるいいデカだと、そう睨んでたんだ。誘惑に乗らなかったのは、さすがだ。桜井も、連絡をよこさないところをみると、むだ足を踏んで拍子抜けしたんだろう。とにかく、今回の保安二係の対応は、みごとだった」

とってつけたようなせりふに、保安一係の連中までが失笑した。

＊

「おれは、最初から田島の野郎が、気に食わなかったのさ」

斉木斉は、ビールを飲んで一息つき、続けた。

「おまえから、田島に妙な知恵をつけられたと聞かされて、ますます怪しいと思った。だから、五本松にいきさつを話して、対策を考えたわけだ。その結果、ゆうべは立花をおまえのそばに引っつかせて、桜井と闇取引できないように邪魔をする、お守り役を申しつけた。それでも接触するなら、うむを言わせず乱入してぶちこわしにする、という筋書きまで考えたんだ。腕力が必要になると、五本松より立花の方がずっと頼りになるからな」

梢田威は神妙な顔で、斉木の解説を聞いていた。相変わらず、五本松小百合のもう一つの顔に気づいていない、と分かってほっとする。

立花信之介が、瞳をくるりと回して言った。

「ぼくも、ゆうべは酔っ払ったふりをするのに、苦労しましたよ」

まったく、たいした役者だ。

斉木が、首を捻りながら言う。

「それにしても、桜井を叩きのめしてチャカを横取りしたのは、どこのどいつかな。立花の話だと、桜井は女にやられたと言ったそうだが、それがほんとうならたいしたもんだ。桜井も、それなりの訓練を受けたデカだし、そう簡単にやられるわけがない。よほど腕の立つ女だったんだろうな」

それを聞いても、小百合はまったく無関心の体《てい》で、寿司をつまんでいる。

梢田は、勢いよくビール瓶を取り上げた。

「まあ、そんなことはどうでもいい。どんどんやろうぜ」

斉木も、桜井を襲った女の人相風体を聞けば、松本ユリのことを思い出すかもしれない。

梢田は、そうならないように神仏に祈りながら、せっせと斉木にビールを注《つ》いだ。

市毛と田島が、あまり意気の上がらない様子で本庁へ引き上げ、署長から慰労の言葉を受けたあと、四人揃って〈木魚のつぶやき〉へ繰り出して来た。二階の小部屋で、寿司やてんぷらを山ほど取り寄せ、打ち上げをやっているところだ。

今朝署に出たとたん、梢田はいきなり小百合に腕をつかまれ、給湯室に連れ込まれた。小百合は、油紙に包まれたスターを梢田に押しつけ、例の北沢昌三が二日ほど前に届けに来たものだ、と打ち明けた。

北沢は、梢田から拳銃の調達を頼まれた直後、小百合に電話してそのいきさつを伝え、どうしたものかと相談したらしい。小百合は、とりあえず拳銃を調達できたら梢田に渡さず、自分のところへ届けるように、と因果を含めたそうだ。北沢が、梢田に調達できなかったと返事をしたのも、小百合の指示だったという。

本庁にいたころ、小百合は田島が通常勤務のかたわら、監察官の手先を務めていたことを、たまたま知った。田島は、何人かいる密告屋のうちの一人で、はしなくも斉木が指摘したとおり、問題のある警官をあぶり出すごとに、監察官から謝金を受け取っていたらしい。そうやって、悪い芽を早めはやめに摘んでいくことで、警察内部の不祥事が表沙汰《おもてざた》になるのを、防いでいたようだ。

梢田も、負けずに言った。

「おれだって、まるまるだまされたわけじゃない。田島が話を持ちかけてきたとき、何をたくらんでいるのか突きとめてやろう、と思ったんだ」

斉木が、鼻で笑う。

「嘘《うそ》をつけ。溺《おぼ》れる者はワラをもつかむで、頭から田島の話を信じたに違いないぞ」

「全面的に信じたわけじゃない」

そうは言ったが、負け惜しみ以外の何ものでもなかった。

「ところで、その桜井とかいう特捜隊員は、どうしてたくらみが失敗したことを、田島に報告しなかったんだろうな」

斉木が、さも納得がいかないという顔つきで、梢田の顔を見る。

梢田は、エビのてんぷらを二本いっぺんに頬張り、もぐもぐしながら言った。

「たぶん、合わせる顔がなかったんだろうよ」

実は、それだけではなかった。

湯島天神で、桜井の携帯電話に連絡してきたのは、むろんユリに変身した小百合だった。

小百合によると、桜井に二発蹴りを入れて昏倒《こんとう》させたあと、身分証明書や財布などの所持品を全部抜き取り、携帯電話だけ残した。立ち去る前に、電話のオーナー情報をチェックして、番号を覚えたという。

小百合は桜井にかけた電話で、その夜の出来事をいっさい田島に報告しないように、固く口止めした。もししゃべったと分かったら、身分証明書はもちろんだいじな手帳ももどらず、その夜の失態を監察に報告し、マスコミに公表すると脅した。桜井が、田島にまったく連絡しなかったのは、そのせいだった。

梢田は、ふと思い出したことがあって、箸を止めた。

「桜井が、おれのケータイに電話してきたとき、こいつはヤクザじゃなくてデカだと、気がつくべきだったんだ」

小百合が、顔を見る。

「どうしてですか」

「今思い出したが、チャカの調達料として十万払うと伝えたら、やつは〈本庁〉と同じ相場ですね、と言いやがった。やつはいつもの口癖で、うっかり警察庁のことを本庁、と言っちまった。なぜあのとき、おかしいと気がつかなかったのかな」

今さらのように悔しくなり、梢田はウニを二貫いっぺんに、口に投げ込んだ。

斉木が、目の色を変える。

「おい。おれのウニを食いやがって、ただじゃすまさんぞ」

「みんなに助けてもらった礼に、今日は全部おれのおごりにする。そのかわり、好きなものを好きなだけ、食わせてくれ」

斉木は、口をあけた。

「全部おごりだと」

「そのとおり。まだ、軍資金が残ってるからな」

「伯母さんに返さなくていいのか」

「伯母さん。だれのことだ」

そう言ってから、しまったと思ったが、すでに遅かった。

斉木が、にやりとする。

「やはりな。金持ちの伯母さんがいるなどと、おれはこれっぽっちも信じなかったぞ。万馬券を当てたに違いない」

梢田はふてくされ、ビールをぐいと飲んだ。

「それじゃ、お寿司をもう二人前、注文しましょうよ」

小百合までが、尻馬に乗る。

梢田は頭を抱えた。

これで、本庁へ上がる夢も消えたかと思うと、もうやけ食いするしかないだろう。

解説

杉江松恋（文芸評論家）

優れた警察小説は、上質の風俗小説でもある。

小説の楽しみの第一に、おもしろいストーリーを上げる人は多いはずだ。しかし、それだけがすべてではない。よく練られた文章は、それだけで玩味することができる。ストーリーを追うのを忘れて、文章の楽しさに惑溺していた、なんて経験のある人は多いだろう。キャラクターというのも小説の魅力の一つに数えて間違いない。小説内で語られる薀蓄《うんちく》が楽しくて仕方ない、という人だってきっといる。小説とは、楽しみがいくつも詰めこまれているものなのである。

そうした楽しみの中に、小説内に描かれた景観や風物を愛《め》でるというものがある。逢坂剛『おれたちの街』は、まさにそうした読みに適した作品なのである。この作品にはついつい引き込まれるストーリーがあり、思わず肩をたたきたくなるほど親しみやすいキャラクターがおり、そして実際にそこを歩いてみたくなる街の景色がある。一読した人は、「おれたちの街」と口に出して言いたくなるはずだ。神田《かんだ》神保町《じんぼうちょう》、魅力的な街だったんだなあ。

本書は逢坂剛が十年以上にわたって書き続けている〈御茶ノ水《おちゃのみず》警察署〉シリーズの第四短篇集にあたる。

御茶ノ水警察署というのは架空の警察署で、JR線御茶ノ水駅や地下鉄神保町、淡路《あわじ》町《ちょう》近辺など、実際には神田警察署の管轄《かんかつ》にあたる区域を担当していることになっている。その生活安全課には、生活安全係、少年係、保安一、二係と四つの係がある。主人公の梢田威《こずえだたけし》と上司の斉木斉《さいきひとし》は、保安二係の二人きりの係員だ（シリーズ開始時）。実は二人は小学校時代の同級生で、勉強のできる斉木をガキ大将の梢田がいじめていた。時は巡って御茶ノ水署で二人は再会するが、斉木は警部補、梢田はヒラの巡査長（「長」とついているが試験で合格して巡査部長になれない警官のための救済措置であり、実質は巡査と大差ない）という皮肉な関係が成立してしまい、体力はあるが頭のほうは少々頼りない梢田は、斉木にこき使われることになった。資格試験のたびに斉木が用を言いつけたり酒につきあわせたりするので勉強の時間がとれない、いつまでも巡査部長に昇進できないのはあいつのせいだ、というのが梢田の言い分である。

第一短篇集『しのびよる月』（以下、すべて集英社文庫）では二人だけのコンビだったのが、第二短篇集『配達される女』で、本庁から五本松小百合《ごほんまつさゆり》部長刑事が転属になり、三人のチームになった。自分のことを「五本松」と呼ぶこの部長刑事は、体格こそ小柄だが武道の達人であり、気に食わないヤクザやならず者がいると厚化粧で変装してこっそり叩《たた》きのめす、という剣呑《けんのん》な性格である。他にも彼女にはいろいろな秘密があり、うっかりそれを知ってしまった梢田は、いつもハラハラさせられているのである。

五本松の参入によって多様さが加わったシリーズには、第三短篇集『恩はあだで返せ』（五本松の裏の顔が関係する「五本松の当惑」が秀逸）あたりから、新しい傾向が見えてきた。それが、変わりゆく神保町の街を描くという要素である。神保町は作者である逢坂剛が十年以上の長きにわたって事務所を構えている、まさにホームタウンなのだが、近年では昔ながらの街路が取り壊され、高層ビルが新築されるなどの都市開発が進められてきた。一度変わってしまった街は、二度と元には戻らない。うつろいゆく街の景観を文章として書き留めるという意図が、本シリーズには付け加わったのである。

『おれたちの街』の単行本版は、二〇〇八年六月に集英社から刊行された。冒頭に収録された表題作（「小説すばる」二〇〇七年四月号初出。以下同）からは、立花信之介《たちばなしんのすけ》という新たなキャラクターがシリーズに参加している。立花は国家公務員試験Ⅰ種に合格した、いわゆるキャリアの警察官で（階級は警部補）、実務研修のためにやってきたのだ。高卒の梢田にとって、キャリア様のお世話などは面倒臭い厄介事でしかないのだが、この立花も一癖ある人物で、時には先輩刑事たちを驚かせるような活躍をする。人なつっこい性格でもあり、なかなかに保安二係になじんでいるようなのである。彼の参加によって、シリーズにはまた一段と厚みが加わった。

作品の傾向としては、先述したように神保町を中心とした街の景観の変化が作中に書き込まれており、それがストーリーにも影響を与えている。「おれたちの街」では、保安二係の面々が行きつけの〈魚《うお》の目〉という定食屋が、暴力団員と思われる連中から嫌がらせを受けていることが判明するのだ。その定食屋が入っている建物は再開発のため取り壊しが決まっており、店にも立ち退きの要請が来ていた。店を続けさせないために圧力をかけようとしている者がいるのか、と梢田は意気込むのである。

「オンブにダッコ」（二〇〇七年七月号）では、立花とともに管内を巡回していた梢田が、事もあろうに覗《のぞ》きの嫌疑をかけられる。自業自得ともいえるのだが、種明かしに一ひねりがあるのがおもしろい。この作品でも、神保町に新築されたビルに、関西の芸能プロが経営する演芸劇場ができる、という話題が挿入されている。

「ジャネイロの娘」（二〇〇七年十月号）で描かれるのも、変わりゆく神保町だ。なんとメイドカフェならぬ、セーラーカフェができてしまったのである。お隣の秋葉原《あきはばら》ならともかく、本の街である神保町にはそぐわない風俗営業店である。さらに、管内のマッサージ店が怪しげなサービスをしているという通報まであり、梢田と立花が潜入捜査を命じられる。「公衆電話の女」(『しのびよる月』収録)や「配達される女」(同題短篇集収録)など、過去の作品でも性風俗がらみの事件は扱われてきた。文教地区で性風俗というミスマッチが笑いを提供してもいたのである。しかし本篇は、街の変化を背景としているだけに前記の二篇とは異なる印象を受ける。ここからさらに街は変わってしまうのだろうか。

「拳銃買います」(二〇〇八年四月号)もそのミスマッチが題材となった作品だ。〈特別保安強化キャンペーン〉のため本庁生活安全特捜隊から御茶ノ水署に指導監督官が派遣されてきた。そのため保安二係の面々にもきついノルマが課せられてしまうのである。最低でも拳銃一丁の摘発という無茶な注文をつけられ、梢田は窮地に陥る。ひさしぶりに「あの人」が登場することもあり、本書収録作の中でも特に起伏に富んだストーリーが楽しめる一篇だ。

以上全四篇、作者による円熟の物語運びを楽しめる作品集である。本書でシリーズに初めて接したという人は、ぜひ遡《さかのぼ》って前三作も読んでもらいたい。

さて、冒頭に書いたように本シリーズには、読むと物語の舞台である神保町に繰り出したくなるという特長がある。一種のタウンガイドとしても読むことができるのだ。特に飲食店の情報は充実しているので、これまでの四作で触れられている店舗を整理してご紹介しておこう。神保町古本ツアーのご参考にどうぞ。

【和食】

鰻屋《うなぎや》‥〈寿々喜《すずき》〉は駿河台下《するがだいした》交差点近くの、地下一階にある老舗《しにせ》の鰻屋だ。「黒い矢」(『しのびよる月』収録)で梢田は特上の鰻重を食べ、「姑《しゅうとめ》にいびられた主婦が、しばしば高い買い物をして気晴らしをする気持ち」が、理解できたと漏らしている。また「欠けた古茶碗」(『恩はあだで返せ』収録)に出てくる〈なかや〉は、一九四六年に創業という歴史のある店で、さくら通りの岩波ホール裏あたりにある。

寿司屋‥「おれたちの街」で梢田が〈すし庄〉のねぎトロ丼を食べている。神保町交差点から白山《はくさん》通りを北に進み、二本目の角を右に曲がったところにある。「気のいいおやじと美人のかみさんがやっている、うまくて安い店」とのことだ。

割烹《かっぽう》‥〈萬代《ばんだい》〉が「ジャネイロの娘」に出てくる。御茶ノ水署管内でも数少ない高級割烹なのだが、梢田は署長を交えた会合のご相伴にあずかりそびれた。外堀通りを一本入った路地にある。昼食は千五百円程度から食べられるようなので、まずはそちらからどうぞ。

【西洋料理】

洋食屋：〈キッチンカロリー〉は御茶ノ水駅の近くにあり、スパゲティの上ににんにく醬油《じょうゆ》味《あじ》の豚焼肉が載ったカロリー焼きが名物だ。「しのびよる月」で梢田が夕食を摂っているが、大学生ならばともかく、中年の彼にはカロリーが高すぎるのではないかという気がする。

イタリアン&フレンチ：小川町の交差点にあるイタリアン・レストラン〈ミオ・ポスト〉で、斉木と梢田が昼からワインを飲んでいたことが発覚（「悩み多き人生」、『配達される女』収録）。梢田はスパゲティならば〈桃牧舎《とうぼくしゃ》〉のスパゲティが好みと発言しているが、この店は残念ながら二〇〇一年七月に閉店した。また〈エスカルゴ〉は御茶ノ水駅から明治大学の敷地角を曲がったところにある、比較的新しいフレンチ・レストランだ。「苦いお別れ」（同前）で、「フレンチにしては格安」でうまい料理を出す、と斉木が太鼓判を押してみせた。

ステーキ：神保町に通う古書マニアなら誰もが一度は行ったことがあるカレーショップ〈ボンディ〉の姉妹店〈神房《じんぼう》〉はステーキとワインの店で、靖国《やすくに》通りの古書センタービル裏にある。ただし梢田は、ここではハンバーグしか食べたことがない(「ジャネイロの娘」)。

【中華・アジア料理】

中華‥〈漢陽楼《かんようろう》〉は二〇一一年に創業百周年を迎える老舗中華料理店で、留学中の周恩来も来店したことがある。「犬の好きな女」(『配達される女』収録)で梢田が五本松と一緒に入り、天下一品というチャーハンに「れんげに酢と醤油とカラシを入れて掻《か》きまぜ」かけ回すという独特の食べ方を披露した。同作には〈揚子江菜館《ようすこうさいかん》〉の名も出てくる。すずらん通りにあり、冷やし中華の元祖の店としても有名である。同店の近くにある〈三幸園《さんこうえん》〉は「ジャネイロの娘」で梢田が立花と一緒に入った店で、気のおけない街の中華が楽しめる。

タイ料理‥〈メナムのほとり〉は「公衆電話の女」(『しのびよる月』収録)で紹介された。靖国通りから一本入ったさくら通りにあるタイ・レストランだ。

【喫茶・甘味処】

喫茶店‥〈エリカ〉が「おれたちの街」、〈ラドリオ〉〈さぼうる〉が「オンブにダッコ」に出てくる。すべて神保町の老舗喫茶店だ。やはり梢田ぐらいの年齢の男が行きたいのはカフェではなく「喫茶店」なのである。〈エリカ〉は映画『珈琲時光《コーヒーじこう》』(侯孝賢《ホウシャオシエン》監督）のロケに使われたことでも有名だが、マスターが亡くなり、現在は休業中。〈ラドリオ〉は日本のウィンナーコーヒー発祥の地といわれる店で、逢坂剛はここで直木賞の発表待機をしたことがある。〈さぼうる〉は神保町でもっとも有名な喫茶店で、本シリーズの別の回にも出てきた。ナポリタンが名物で、いつでもどこかの編集者、ライターが打ち合わせをしている。

甘味処：〈竹むら〉は「拳銃買います」に出てくる神田須田町《すだちょう》の老舗甘味処だ。〈やぶそば〉〈まつや〉などの蕎麦屋《そばや》の名店も近く、併せての利用をお薦めする。

ざっと上げてみたが、現存が確認できないなどの理由で省いた店もあり、完全版ではないことをお断りしておく。こうした実在の場所に混ざって、「黄色い拳銃」（『しのびよる月』収録）に出てくる〈福禄飯店《ふくろくはんてん》〉や、桐生夏野《きりゅうかの》（言うまでもないが、高名な小説家の名のもじりだ）の経営するバー〈木魚のつぶやき〉などの架空の店が出てくるのが巧《うま》い。その虚実の混合比が、小説に現実を感じさせる手触りを加えているのである。単に舞台に使っているというだけではなく、そこには街を愛している人ならではの眼差しを感じる。やはり御茶ノ水署シリーズは、逢坂にとっての「おれたちの街」小説なのだ。

この作品は二〇〇八年六月、集英社より刊行されました。

S 集英社文庫

おれたちの街《まち》

2011年6月30日 第1刷

定価はカバーに表示してあります。

著 者 逢坂《おうさか》 剛《ごう》

発行者 加藤 潤

発行所 株式会社 集英社

東京都千代田区一ツ橋2-5-10 〒101-8050

電話 03-3230-6095（編集）

03-3230-6393（販売）

03-3230-6080（読者係）

印 刷 凸版印刷株式会社

製 本 凸版印刷株式会社

フォーマットデザイン アリヤマデザインストア マークデザイン 居山浩二

ISBN978-4-08-746711-6 C0193